# 목소리들

이승우 소설집

# 목소리들

초판 1쇄 발행 2023년 11월 30일
초판 3쇄 발행 2024년 1월 26일

지은이 이승우
펴낸이 이광호
주간 이근혜
편집 이주이 김필균 허단 방원경 윤소진 유하은
마케팅 이가은 최지애 허황 남미리 맹정현
제작 강병석
펴낸곳 ㈜문학과지성사
등록번호 제1993-000098호
주소 04034 서울 마포구 잔다리로7길 18(서교동 377-20)
전화 02)338-7224
팩스 02)323-4180(편집) 02)338-7221(영업)
대표메일 moonji@moonji.com
저작권 문의 copyright@moonji.com
홈페이지 www.moonji.com

ISBN 978-89-320-4235-0 03810

# 목소리들

이승우 소설집

문학과지성사

죽은 사람에게는 들려주지 못한 것도 많을 텐데

노래가 여기저기 떠도는 이유 같은 거

그 사람이 꼭 죽어야 했던 이유 같은 거

그 이유가 여기저기 떠도는 노래 같은 거

— 진은영, 「사실」(『나는 오래된 거리처럼 너를 사랑하고』,
문학과지성사, 2022)에서

차례

소화전의 밸브를 돌리자

물이 쏟아졌다

여자가 소화전의 밸브를 돌리자 물이 길바닥으로 쏟아졌다. 물줄기는 갇혀 있던 우리를 뛰쳐나온, 길들지 않은, 길들일 수 없는 짐승처럼 요란하게 날뛰었다. 그녀는 들고 있던 양동이를 날뛰는 짐승 밑에 밀어 넣었다. 양동이는 겁에 질린 듯 요동치다가 곧 잠잠해졌다. 양동이의 둥근 테두리를 순식간에 타고 넘은 물줄기가 보도블록에 얼룩을 만들며 퍼져 나갔다. 그녀는 그 자리에 선 채 물의 난동을 지켜보았다. 아니, 그녀가 무엇인가를 보고 있었는지는 확실하지 않다. 누군가의 눈에는 그녀가 몸을 거기 두고 다른 데로 이동해 간 것처럼 보였을 것이다. 아니면 이동해 간 것이 몸이거나. 사람들이 힐끔거리며 지나갔고, 몇 사람은 점점 영역을 넓혀오는 물이 자기 신발을 적실까 봐 몸을 피했고, 몇 사람은 조금 떨어진 곳에서 옅은 호기심을 지닌 채 바라봤다. 그중에 한 명이 다가와서 여자에게 무언가를 말했다. 그녀는 대꾸하지 않았다. 그것은 그 사람이 말을 건 상대가 그녀가 아니라 그녀가 어딘가로 가면서 남겨둔 껍데기였기 때문일까. 말로 그녀를 설득할 수 있으리라는 그 사람의 자부심은 그녀의 완고한 침묵이 아니라 성큼성큼 걸어와서 소화전의 밸브를 잠근 누군가에 의해 무너졌다. "이 물은 불을 끌 때 사용하는 거예요. 낭비하면 안 돼요." 물이 날뛰면서 내지르는 콸콸 소리가 멈추자 비로소 두고 간 몸을 찾아 돌아온 듯 그녀가 물이 가득 든 양동이를 들고 걸음을 옮겼다. 불룩한 배낭을 메고 있었는데, 아물어지지 않은 배낭의 아가리 밖으로 길쭉한 장대가 하나 삐져나와 있었다. 그녀의 몸은 배낭에서 삐쭉 빠져나온 길쭉한 장대처럼 마르고 까칠했다. 양동이가 무거운 듯 그녀의 몸이 뒤뚱거렸고 바지에 물이 튀었다. 도와주려 한다고 해도 도움을 받을 것 같지 않았지만, 그래서인지 누구도 도와주려고 하지 않았다. 사람들은 힐끔거리며 지나가거나 그녀와 몸이 닿을까 봐 피하거나 옅은 호기심을 가지고 바라보기만 했다.

그녀는 주변을 살피지도 않고 곧장 차도로 걸어 들어갔다. 달려오던 화물차가 놀라 경고음을 울렸고, 뒤이어 온 차들은 비상등을 켰다. 그녀는 자기로 인해 생긴 소란에는 아랑곳하지 않은 채 보는 이에 따라서는 여유를 부린다고 할 정도로 느긋하게 걸어 도로 한복판에 이르렀다. 그녀가 양 동이를 기울여 물을 쏟자 노란색 중앙 차선이 더욱 선명하게 보였다. 여자는 무엇을 가늠하는 것처럼 자세를 낮추고 물이 쏟아진 도로를 유심히 살피더니 배낭에서 욕실 청소할 때 쓸 법한 솔을 꺼내 문지르기 시작했다. 길쭉한 장대처럼 보였던 것이 청소용 솔이었다. 물이 뿌려진 바닥을 문지르는 그녀의 손에 힘이 들어갔다. 운전자들은 급히 차선을 바꾸고 경음기를 울렸다. 창문을 내리고 소리 지르는 사람도 있었다. 그녀는 솔질에만 집중했다. 그녀는 거기에 자신밖에 없는 것처럼 행동했다. 날카로운 햇빛이 그녀의 정수리에 떨어졌다. 그녀의 몸은 조금씩 앞으로 구부러졌고, 나중에는 거의 지면에 닿을 정도가 되었다. 이번에도 구경하던 사람 중 한 명이 그녀에게 다가가 무언가를 말했다. 그러나 그 역시 그녀로부터 어떤 반응도 이끌어내지 못했다. 그녀는 아무것도 듣지 못하는 사람처럼 솔질만 했다. 그 사람은 고개를 절레절레 저으며, 옅은 호기심을 가지고 자기의 거동을 지켜보고 있는 사람들에게 난처함을 알리려는 듯 혼잣말을 하며 그곳을 벗어났다. 그 사람의 기대와는 달리 누구도 그에게 어떤 것도 묻지 않았다. 멈춰 서서 바라보고 있는 사람이 별로 없기도 했거니와 그들 중 누구도 그 사람이 그 여자와 그 여자가 하는 행동에 대해 자기들보다 더 잘 알 거라고 생각하지 않았기 때문에 굳이 설명을 요구하지 않았다.

끈질긴 솔질에 의해 도로의 물기가 거의 사라진 것처럼 느껴질 즈음 그녀는 솔과 양동이를 양손에 나눠 들고 소화전이 있는 곳으로 다시 터벅터벅 걸어갔다. 그리고 아까처럼 소화전의 밸브를 틀었다. 갇혀 있던 우리를 뛰쳐나온, 길들지 않은, 길들일 수 없는 짐승과도 같은 물줄기가 이번에도 양동이를 제압하고 바닥으로 쏟아졌다. 그녀의 신발과 바짓단이 물에 젖어 축축해졌다. "물이 다 찼어요." 이번에도 누군가 다가와 밸브를 잠글 때까지 그녀는 쏟아지는 물을 보고만 있었다. 그녀는 여전히 몸을 두고, 혹은 몸만 가지고 다른 데로 이동해 간 사람처럼 보였다. 양동이를 들고 걸음을 옮기는 그녀의 몸이 좌우로 심하게 뒤뚱거렸고, 그때마다 양동이 안의 물이 출렁거리며 빠져나왔다. 그녀는 절반밖에 남지 않은 양동이의 물을 아까와 같은 자리에 쏟고 똑같이 솔질을 했다. 도로의 물기가 거의 사라졌다고 여겨질 때까지 그녀는 솔질을 멈추지 않았다. 운전자들은 비상등을 켜고 속도를 줄이고 경고음을 울리거나 창문을 열고 소리 지르며 지나갔다. 행인들은 힐끔거리며 지나가거나 옅은 호기심을 가지고 잠깐 멈춰서 구경하다가 지나갔다. 수군거리거나 수군거리지 않았다.

그녀가 세번째로 양동이에 물을 채워 차도를 향해 걸어
갈 때에야 경찰차가 사이렌을 울리며 도착했다. 비상등을
켜고 차에서 내린 두 명의 경찰관은 도로에 발을 들여놓은
여자를 막았다. 그들은 느릿느릿 움직였는데, 무엇 때문인
지 좀 짜증스러워 보였다. 그러나 누구도 개의치 않았던 여
자는 경찰관도 개의치 않았다. 경찰의 제지를 뚫고 막무가
내로 차도로 가려는 것처럼 보였지만, 사실 그녀는 그저 걸
어간 것뿐이었다. 그저 걸어갈 뿐인 그녀를 경찰들이 제지
한 것뿐이었다. 그러니까 양동이 안의 물이 더 심하게 요동
쳐서 경찰관들의 바지가 젖은 것은 그녀 탓이 아니었다. 그
렇지만 경찰들은, 적어도 한 명은 그렇게 생각하지 않은 것
이 분명했다. 그는 노골적으로 불쾌하다는 표시를 하며 바
지의 물을 털었다. "에이, 재수 없어." 경찰의 입에서 나왔
다고 믿고 싶지 않은 그 말을 들은 사람은 다행히 아무도 없
었다. "아 진짜, 이 노인이 왜 이러실까, 정말. 이러면 안 된
다니까. 이러다가 진짜 죽는다고요." 그 말은 거기 모여 서
있는 사람 대부분이 들었다. 경찰은 사람들에게 들으라는
듯 큰 소리로 여자가 이러는 게 처음이 아니며 무슨 뜻이 있
는 행동도 아니고 다만 정신이 온전하지 않아서 그러는 거
니까 신경들 쓰지 마시고 가던 길 가고 하던 일 하라는 뜻

을 전달했다. 그러면서 그녀의 팔을 양쪽에서 하나씩 붙잡았는데, 이번에도 사람들 눈에는 그녀가 붙들리지 않으려고 몸부림치는 것처럼 보였고, 그 바람에 양동이가 엎어지면서 물이 모두 쏟아진 것처럼 보였지만, 사실 그녀는 자기가 하던 일, 하려고 하던 일을 그저 한 것뿐이었다. 그녀는 누구도 신경 쓰지 않았다. 그녀가 누구도 신경 쓰지 않은 것은 신경 쓸 누구가 존재하지 않기 때문이었다. 그녀는 엉뚱한 무대 위에 잘못 올라온 사람처럼 보였다. 그녀는 그녀가 서 있는 무대에 자기 말고는 아무도 없는 것처럼 행동했다. "여기는 차도예요, 차도. 몰라요? 이러다가 당신 죽어요. 당신이 죽으면 우리도 골치 아파요. 몇 번을 말해야 돼요? 그러니 제발 좀 이러지 맙시다." 경찰들은 그녀를 차도 밖으로 끌어내려 했고 그녀는 끌려 나가지 않으려고 했다. 그런 것처럼 보였다. 그렇게 보인 이유는 차도에 물을 뿌리고 솔질을 하는 것 말고는 그녀에게 어떤 욕망도 없기 때문이었다. 그녀는 차도에 물을 뿌리고 솔질을 하려고 했을 뿐 차도에 들어가지 못하게 하는 경찰들에게 저항한 것은 아니었다. 경찰들은 그녀를 차에 태우려고 했고 그녀는 차에 타지 않으려고 했다. 그런 것처럼 보였다. 그렇게 보인 것은 그녀가 아무도 없는 무대에 혼자 서 있기 때문이었다. 사람들과 다른 무대에 있기 때문이었다. 경찰들이 그녀를 경찰차의

뒷좌석에 억지로 태우려고 하는 과정에서 그녀의 몸은 휴지처럼 마구 구겨졌다 펴졌다 했다. 차도로 가려는 그녀의 의지는 그녀를 차도로 가지 못하게 하려는 그들의 의지 못지않았지만, 그녀의 힘은 그들의 힘에 미치지 못했다. 여자는 경찰차에 태워졌고 그녀의 가느다란 팔목에 수갑이 채워졌다.

한 남자가 그들에게 다가온 것은 그 순간이었다. "당신들은 무례합니다. 그분을 풀어주세요. 그분이 하던 일을 하게 하세요." 경찰들은, 이건 또 뭐야, 하는 표정으로 남자를 보았다. 실제로 그 말을 입 밖으로 낸 것은 아니지만 주변에 몰려 있던 사람 대부분은 경찰 중에 한 명이 그 말을 했다고 생각했다. "우리가 지금 공무를 수행하고 있는 게 안 보입니까?" 둘 중 한 경찰관이 위압적으로 말했다. 남자가 대꾸했다. "안 보입니다. 내 눈에는 당신들의 무례가 보일 뿐입니다." 경찰은 순간적으로 화가 났지만, 모여 서 있는 사람들을 둘러보고 최대한 친절하게, 그러나 어느 정도의 무시와 경멸을 담아서 말했다. "우리는 뭐 이러고 싶어서 이러는 줄 알아요? 이렇게 해야 하니까 하는 거지." 경찰의 말은 여자의 행동을 제지한 것에 대한 변명이 아니라 자기들이 저지른 무례에 대한 변명으로 들렸다. 어느 쪽이든 그 변명은 궁색하고 뻔뻔하고 옳지 않았다. 그렇게 생각하는 사람이 많았다. "당신들은 저분이 무얼 하고 있는지, 왜 하고 있는지 모릅니다. 그러니까 그렇게 한 거지요. 그렇지만 무지가 당신들의 무례를 정당화할 수 있다고 생각하면 안 됩니다. 당신들이 모르는 것은 알려고 하지 않기 때문이니까요. 무지가 당신들을 무례하게 행동하게 한 거라면 무지야말로 나쁘지요. 무례보다 나쁘지요." 남자의 입에서 나온 말의 내용이나 목소리가 어딘가 비현실적이었기 때문에 변명하던 경찰은 비로소 미심쩍은 표정으로 남자를 주의 깊게 바라보았다. 그는 상황에 맞지 않는 엉뚱한 대사를 해서 상대 연기자를 당황하게 만드는 연기자를 보듯 남자를 보았다. 남자는 얼굴이 길고 하얗고 맑았다. 길고 하얗다는 건 알겠지만 맑다는 건 뭐야? 경찰은 마치 그 생각을 한 사람이 다른 사람인 것처럼 자신을 향해 투덜거렸다. 물론 속으로. 그것은 경찰공무원이 사람을 평가할 때 쓸 수 있는 용어로 어울리지 않았다. 무엇 때문인지 남자의 나이를 분간하지 못하겠다는 생각이 이어서 들었는데, 그것은 사람의 됨됨이를 직관에 의지해서 파악하는 일에 상당한 자부심을 가진 경찰 신분의 그로서는 좀 난처하고 떳떳하지 않은 일이었다. "그러니까 당신은 이 여자를 안다는 말입니까? 이 여자가 왜 이러는지 안다는 뜻입니까?" 경찰은 경찰차 뒷좌석을 손가락으로 가리키며 물었다. "이 여자는 한 달 전에 이 도시에 나타났어요. 그야말로 하늘에서 뚝 떨어진 것처럼 갑자기. 어디서 살았는지 여기에 왜 왔는지 아는 사람이 없어요. 아무도 이 여자를 모릅니다. 신분을 증명할 수 있는 것이 아무것도 없어요. 그런데 당신은 이 여자를 잘 아는 것처럼 말하고 있습니다." 그들은 이 낯선 남자가 그들이 알지 못하는 여자의 신상을 파악하고 있을 리 없다고 확신했는데, 그 확신은 이해할 수 없는 것이 아니었다. 누구보다 빠르고 많은 정보가 그들에게 있기 때문이었다. 여자는 이름도 없고 주소도 없고 아는 사람도 없는, 그야말로 유령과 같은 존재인데, 걸핏하면 도로 한복판에 뛰어들어 위험하기 짝이 없는 짓을 벌여서 골치가 아프다고 경찰은 말했다. 그 하소연은 그들이 나타나자마자 몰려와 서 있는 사람들을 관객처럼 대하면서 맨 먼저 한 대사이기도 했다. 이런 일이 생길 때마다 경찰서로 데리고 가지만 오래 가둬둘 수도 없어 풀어줄 수밖에 없는데 그러면 또 어김없이 나타나 똑같은 짓을 되풀이한다는 말도 마찬가지였다. 그들은 그녀를 노인이라고 했다가 할머니라고 했다가 여자라고 했다가 외지인이라고 했다. 어떻게 불러야 할지 모르고 있다는 증거였다. "여태 사고 나지 않은 게 신기하다니까요. 그런데 이 사람을 당신이 안다는 겁니까?" 남자는, 자기가 이분을 아는 것은 맞지만, 당신들이 알고 있거나 알고 싶어 하는 내용과 같은 것을 안다는 뜻은 아니라고 대답했다. "이분이 누구인지 아는 것과 이분이 하는 일을 이해하고 존중하는 것이 상관있다고 생각하지 않습니다." 이 사람이 무슨 말을 하는 거냐? 하고, 줄곧 남자를 상대하던 경찰이 동료에게 물었다. 질문을 받은 경찰은 아무 대답도 하지 않았는데, 그역시 남자가 무슨 말을 하는지 알지 못하기 때문이기도 했고 질문한 사람이 굳이 대답을 바라는 건 아니라고 생각하기 때문이기도 했다.

　"이 사람이 진짜, 지금 말장난하자는 겁니까? 우리가 지금 소풍 나온 거 같아요?" 경찰이 불쑥 소리 지른 것은 말이 통하지 않는 인간을 상대하느라 시간만 낭비했다는 생각이 비로소 들었기 때문이었다. 상황을 전환하려고 할 때 효과적인 것은 윽박지르기였다. 경찰은 본능적으로 그편을 택했다. "우리가 공무 수행 중인 거 몰라요? 당신 지금 공무 집행을 방해하고 있는 거예요." 말하는 경찰을 물끄러미 바라보던 남자가 뒷좌석의 여자를 가리키며 말했다. "저분이 소풍 나온 것처럼 보입니까? 당신들은 예의를 지키지 않았습니다. 예의를 지키지 않는 사람은 믿을 수 없습니다." 경찰이 어처구니없다는 듯 웃으며 신분증을 요구했다. 경찰은 자기들에게는 필요하다고 판단될 때 누구에게나 신분증 제시를 요구할 권리가 있고, 경찰공무원의 요구를 받은 시민은 그 요구에 응할 의무가 있다고 설명했다. 남자는 경찰의 요구에 응하지 않았다. "당신들은 저분을 풀어주어야 합니다. 이런 요구는 신분증이 하는 게 아니고 신분증으로 하는 것도 아닙니다." 경찰은 남자의 진지한 말을 진지하게 듣지 않았다. 왜 이렇게 머리 다친 사람이 많아, 짜증 나게, 하고 투덜거린 것이 그 증거였다. "저분이 왜 저기에 물을 뿌리는지 당신들은 물어보지 않았어요. 물어볼 수 있었고 물어보았어야 하는데 그러지 않았어요." 남자의 목소리는 차분하고 맑고 이상하게 설득력이 있었다. 그렇게 느낀 사람은 경찰들이었다. 차분하다는 건 몰라도 목소리를 맑다고 느끼는 것이나 그런 처지의 남자 목소리가 설득력이 있다고 생각한 것은 자연스럽지 않았다. 그럼에도 불구하고 그들은 자기들이 느끼는 부자연스러움에 대해 깊이 생각하지 않았다. 그 대신 남자가 한 말을 그들의 직무에 대한 이의 제기로 받아들였기 때문에, 직전에 그를 맛이 간 놈이라고 간주했다는 사실을 잊어버리고, 자동적으로 일어난 방어 본능에 따라, 우리가 물어보지 않은 것이 아니라 물어볼 수 없었던 거라고 대답했다. "왠 줄 알아요? 저 여자는 말을 하지 못해." 그 말을 할 때 경찰은 남자가 모르는 사실을 알고 있다는 자부심 때문에 으스대는 것 같았고, 옆의 동료는 그 발언이 불필요하거나 지나친 것으로, 예컨대 예의 없는 것으로 여겨질 수 있다고 생각했으므로 약간 무안해하며 남자의 눈치를 살폈다. 남자에게 공격할 기회를 주면 안 된다는 조급한 마음이 경찰로 하여금 더 공격적인 말을 하게 했다. "우리 임무는 길에 뛰어든 저 여자를 끌어내는 거예요. 왜냐하면 위험하니까. 그리고 길을 막으면 안 되니까. 차가 다니는 길을 막으면 안 되잖아. 우리 임무가 저 여자가 왜 길에 뛰어드는지 그 이유를 밝히는 데 있지 않다는 걸 굳이 말할 필요는 없겠지." 여태 지켜만 보던 경찰이 수세에 몰린 동료를 돕겠다는 마음에서, 마치 당신은 저 여자가 왜 길거리로 뛰어들어 저렇게 이상한 짓을 하는지 안다는 투로 말하는데, 변죽만 울리지 말고 아는 게 있으면 어디 말씀해보시지요, 하고 비아냥거리는 조로 말했다.

남자는 경찰의 비아냥에 반응하지 않았다. "당신들이 보지 못하는 것을 저분이 보고 있다는 생각은 안 해봤어요?" 황당하다는 표정이 공무를 수행 중인 두 공무원의 얼굴에 나타났다. 말 상대를 계속할 것인가 말 것인가 고민하던 이 경찰공무원들은 분수 모르고 설치는 젊은 놈을 그냥 둘 수 없다는 아주 사적인 감정에 이끌려 계속 대꾸하는 쪽을 택했다. "저 노인이 뭘 제대로 볼 것 같애? 저 노인이 뭘 제대로 볼 수 있는 사람으로 보이냐고." 그 경찰은 언젠가부터 반말을 했다. 다른 경찰은 아직 반말을 하지 않았지만 그렇다고 경어를 쓰지도 않았다. 그가 설명을 덧붙였다. "우리도 알아봤어요. 우리가 뭐 놀고먹는 줄 아나 본데, 그렇지 않다고. 여기서 사고가 있었지. 여기가 좀 위험한 데야. 아주 오래전 것까지 하면 세 건. 가장 최근 사고는 7년 전 뺑소니 사고였고, 가해 운전자는 불행하게도 잡히지 않았지. 하지만 사고 없는 길이 어딨어요? 저렇게 차가 많고, 이렇게 사람이 많은데. 길이 뚫리기 전에는 여기가 묘지였다고도 하고 밭이었다고도 하고. 전쟁 통에는 사람 모아놓고 처형한 자리가 이 근방 어디라는데, 확실하지는 않아요. 여기서 무슨 일이 있었겠지. 왜 안 그러겠어. 사람 사는 데서야 늘 무슨 일인가가 일어나잖아. 안 그래?"

경찰은 남자를 설득시키지 못했다. 그는 경찰이 말할 때 아주 터무니없는 말을 듣는 것 같은 표정을 지었다. "간절함이 없으면 반복할 수 없습니다. 물을 뿌리는 것은 지우기 위해서이지만, 반복적인 물 뿌리기는 지우기 위한 것이 아니라 지우지 않기 위한 것임을 모르겠습니까? 어떤 반복은 기원이고 부름입니다. 지우는 것이 아니고 새기는 것입니다. 쫓아내는 것이 아니라 불러내는 것입니다. 왜 그런다고 생각합니까?" 남자의 차분하고 맑고 설득력 있는 목소리가 어느 부분에서 흔들렸다. 그렇게 느낀 것은 경찰들이었다. 그들은 그렇게 느꼈다는 사실을 인정하고 싶지 않았다. 아니,

좀더 솔직히 말하면 그들은 남자가 하는 말을 알아듣지 못했다. 그들은 서로의 표정을 통해 그 사실을 확인했다. 그들은 상황에 맞지 않는 엉뚱한 대사를 해서 상대방을 당황하게 만드는 다른 무대의 배우 같은 사람을 어떻게 처리해야 할지 지시받은 바가 없었다. 그래서 이번에도, 이번에야말로 상대방의 말을 자르고 자기들의 지위를 앞세워 윽박지르는 편을 택하기로 했다. "우리를 가르쳐? 당신이 뭘 안다고 그래?" 한 사람이 인상을 험악하게 구기며 소리 질렀다. "여기가 무슨 토론하는 자린 줄 알아? 듣자 듣자 하니까 이 사람이 똥인지 된장인지 구분을 못 하는구먼. 참는 데도 한계가 있지. 빨리 신분증 주세요. 신분증 없으면 경찰서 갑시다. 없어? 뭐 해, 이 사람 빨리 차에 태워."

경찰들이 남자를 붙잡으려고 하는 순간, 갇혀 있던 우리를 빠져나온, 길들지 않은, 길들일 수 없는 사나운 짐승 같은 물줄기가 빠른 속도로 달려들어 그들 발밑에 이르렀다. "이게 뭐야?" 놀란 경찰이 발을 들어 올리며 소리쳤다. 물줄기는 스스로 길을 내며 걷잡을 수 없이 빠르게 달려 여자가 물을 뿌리고 솔질을 하던 차도 한복판까지 이르렀다. "누가 소화전에 손댔어? 잠가, 빨리!" 경찰이 누구에게랄 것 없이 소리 질렀지만 아무도 그의 지시에 따르지 않았다. 경찰 중에 한 명이 소화전의 밸브를 잠그기 위해 달려갔다. 그러나 사람들은 그에게 길을 내주지 않았다. 당황한 경찰이 경찰공무원의 공무 집행을 방해하지 말라며 가스총을 꺼내 위협하자 마지못해 슬금슬금 비켜섰다. 그렇지만 소화전에 이른 경찰관은 물을 멈추게 할 수 없었다. 밸브가 떨어져 나가고 없어서 잠글 수 없었기 때문이다. 어떻게 해야 할지 몰라 우왕좌왕하다가 무전기를 들고 어딘가에 연락하는 그를, 사람들이 둘러서곤 한순간도 놓치지 않겠다는 듯 주의 깊게 바라보고 있었다. 그사이에도 사나운 맹수와도 같은 물줄기는 제멋대로 빠르게 달렸다. 흡사 세상을 다 집어삼킬 것 같은 기세였다. 남자의 팔을 붙들고 있던 경찰이 에이, 왜 이렇게 짜증 나는 일이 자꾸 일어나는 거야, 재수 없어, 투덜거리며, 동료를 향해 뭐라고 소리 지르며 뛰어갔다. 그가 발을 디딜 때마다 발밑에서 물이 첨벙거렸다. "우리가 어떻게 알겠어요?" 신발을 적시며 영역을 확대해가는 물의 흐름을 가만히 내려다보며 남자가 중얼거렸다. "낯선 사람이 문득 어디서 왜 오는지, 왜 와서 이해할 수 없는 일을 하는지 어떻게 알겠어요? 문득 되살아나 현재를 덮치는 과거에 아무 뜻도 없다고 누가 말할 수 있겠어요? 그럴 때 현재가 어쩌겠어요?"

공가空家

# 1

그녀는 그날을 기억한다. 휴일이었고, 회사 일로 출장 간 남편이 도시가 봉쇄되는 바람에 발이 묶였다고 연락해 온 날이다. 예정대로라면 그는 다음 날 귀국하기로 되어 있었다. 처음부터 무리한 출장이었다는 걸, 도착한 날 수차례 검사를 받고 며칠 동안 격리당하면서 바로 느꼈다고 했다. 격리가 끝난 후에도 사람들과의 접촉이 허용되지 않아 거의 호텔에만 갇혀 지내고 있다고, 마냥 허송할 수 없어 그냥 돌아가기로 했다고, 성과 없는 출장이 되었다고 풀 죽은 목소리로 말한 게 며칠 전이었다. 고개를 절레절레 젓는 남편의 얼굴이 눈앞에 그려져 그녀는 그럴 상황이 아닌 줄 알면서도 피식 웃었다. 남편은 그녀의 웃음소리를 듣지 못했다. 여기도 장난 아니야, 세상이 왜 이렇게 시끄러운지 참 걱정이네, 조심해서 돌아와,라고 말한 후 전화를 끊었다. 그때까지만 해도 남편은 다음 날 그 도시가 봉쇄될 줄 몰랐다. 전시도 아니고 쿠데타가 일어난 것도 아닌데, 도시 전체를 어떻게 완전히 폐쇄시킨단 말인가. 그럴 수 있는 체제가 있다는 걸 잊었다고 그는 말했다. 이러나저러나 마찬가지라고, 속수무책이라는 점에서 현지인도 자기들과 다르지 않다고 덧붙였다. 그 조치는 예고나 조짐 없이 갑작스럽게 이루어졌다. 당국은 날짜가 바뀌기 세 시간 전에 앞으로 세 시간 후부터, 그러니까 다음 날 0시부터 허가 없이 집 밖으로 나올 수 없다고 공표했다. 도시로 들어가는 것도, 도시에서 나가는 것도 금지되었다. 거기 바이러스가 그렇게 심해? 하고 묻는 그녀에게 그는 심하지, 심하긴 하지만 다른 데보다 특별히 더 심하지는 않아,라고 대답했다. 그녀는 이번에는 웃지 않고, 어떻게 해? 하고 물었다. 우리가 뭘 어떻게 하겠어? 저들이 어떻게 해주기를 기다리며 호텔에 처박혀 있는 것 말고,라고 말할 때 남편의 목소리에는 짜증이 묻어 있었다. 터무니없는 상황에 잔뜩 골이 나 있다는 게 말투에서 느껴졌다. 그녀는 어떻게 해?라는 말만 되풀이하다가 몸조심하라고 말한 뒤 전화를 끊었다.

자동차로 한 시간 반 거리에 사는 시어머니의 전화를 받은 것은 남편과 통화를 끝내고 난 직후였다. 집을 수리한다고 했다. 천장에서 물이 떨어져 벽지를 버렸다고, 집이 오래되니 여기저기 문제가 터진다고, 이참에 싱크대와 화장실도 고치고 여기저기 손보기로 했는데, 그 일이 생각보다 간단치 않다고 했다. 며칠 집을 비워야 할 정도로 큰 공사가 될 줄 몰랐다는 것이다. "작은아들 집은 원룸이라 노인들 들어가 누울 방도 없으니 어떻게 하냐? 공사 끝날 때까지 너희 집에 가서 좀 지냈으면 한다. 마침 병호도 출장 가서 없으니 너 혼자지 않니? 낮에는 출근할 테니 비어 있을 테고. 병호는 아직 안 왔지?" 시어머니는 그녀의 의견을 묻지도 않았다. 물었더라도 안 돼요, 하고 말하지 못했을 테지만, 그래도 그녀는 가도 되겠느냐고 물었어야 한다고, 속으로만 생각했다. 살면서 상대의 의견을 묻지도 듣지도 않는 사람들을 숱하게 겪어왔지만 그녀는 여전히 그런 사람들이 익숙하지 않았다. 여전히 거북하고 어색했다. 그때마다 마음 한쪽이 찌그러지는 것 같았다. 그녀는 두근거리는 가슴을 진정시키기 위해 심호흡을 했다.

시아버지가 운전한 자동차에는 가방과 보따리가 여러 개였다. 공사하는 동안 손 탈 수 있는 물건들을 챙겨 왔다는데, 그다지 값나갈 것 같지 않은 시계나 옷, 화장품, 심지어 밥솥까지 가져온 까닭을 이해하기가 쉽지 않았다. 이 사람이 이게 없으면 잠을 자지 못한다, 하며 시어머니가 꺼내놓은 베개와 온수 매트를 그녀는 난해한 수학 문제를 대하듯 난처한 눈빛으로 바라보았다. 저런 걸 다 가져오다니, 도대체 얼마나 머물 작정인 걸까, 속으로 걱정하는데 그 마음을 읽었는지, 단 하룻밤을 자더라도, 특히 이 베개 없으면, 하고 시어머니가 덧붙였다. 그녀는 네, 네, 하며 어색하게 웃었다.

거실 바닥에 펼쳐진 시부모의 짐들을 현관 가까운 방으로 옮겼다. 그녀는 자주 그 방에 틀어박혀 책을 읽었다. 그 방에 있는 책들은 그녀의 것이었다. 남편은 그 방에 대해 말할 때 '당신 방'이라고 불렀다. 최근에 회사 내 바이러스 확진자가 생겨 재택근무를 하게 되기 전까지 남편은 그 방에 거의 들어가지 않았다. 그렇지만 지금은 남편이 없으니까, 출장 간 도시가 봉쇄되어 언제 올지 알 수 없으니까, 그리고 그 방에는 침대가 없고 제법 넓어서 두 사람이 요를 깔고 누울 수 있는 공간이 충분히 나오니까 두 분이 지내기에 좋을 것 같다는 생각을 무의식적으로 했을 것이다. 여기냐? 하고 묻고 나서 시어머니는, 이 사람 몸이 워낙 큰 데다가 어찌나 요란하게 잠을 자는지, 하며 탐탁지 않은 눈치를 보였다. 안방을 흘깃하는 눈짓으로 속마음을 드러냈지만 그녀는 그 마음을 눈치채지 못했다. 그 방은 남편과 그녀가 쓰는 방이었고, 그 방을 손님에게 내줘야 한다는 생각은 해본 적이 없었다. 시부모라고 예외일 수 없었다. 그러니까 그녀는 시어머니의 의중을 헤아리고도 모른 체한 것이 아니었다. "여기, 의자를 책상 안으로 밀어 넣으면 지내시는 데 불편하지 않을 거예요. 저쪽 방은 좀 넓긴 한데 옷이랑 안 쓰는 물건들 넣어놔서 어수선하고, 당장 치우기가 어려워요." 시어머니는 뭔가 불만스러운 듯 알아듣기 힘든 말을 중얼거리며 이 방 저 방을 기웃거렸다. 그녀는 그런 시어머니가 지어 보이는 마뜩잖은 표정이 이해되지 않았다. 심기가 불편해진 이유를 몰랐으므로 어떻게 대해야 하는지도 몰랐다. 남편이 옆에 없는 것이 처음에는 아쉽다가 나중에는 불만스러워졌다. 예정대로라면 내일 귀국할 텐데 언제 올지 알 수 없게 된 상황이 원망스러웠다. 하필 이럴 때 시부모는 쳐들어오고 하필 이럴 때 남편은 집에 없는 것일까. 불편한 마음을 누르며 그녀는 저녁거리를 사러 집을 나섰다. 일단 그 자리를 피하고 싶은 게 솔직한 마음이었다.

마트에 가는 길에 남편에게 전화를 걸었는데 받지 않았다. 그녀는 문자를 남겼다. '당신 부모님이 집에 오셨어. 집을 수리한다는데, 갑자기 이렇게 쳐들어오니 난감하네. 하필 나 혼자 있을 때…… 얼른 귀국하면 좋겠는데, 언제 올지 아직 모르지?' 그녀는 우는 표시의 이모티콘을 두 개나 넣어 자신의 심정을 표현했다. 그러면서도 자기가 어른들을 싫어한다는 뜻으로 이해할까 봐 은근히 걱정이 되었다. 그녀가 시부모를 싫어하는 건 아니었다. 그들이 집에 오는 게 싫은 것도 아니었다. 다만 난감할 뿐이었다. 그 난감함은 남편 없이 혼자 두 분을 상대해야 하는 상황에 대한 것이었다. 남편 없이 혼자 시부모를 만난 기억이 없었다. 싫은 것이 아니라 어려웠다. 비단 시부모여서 그런 건 아니었다. 그녀의 인간관계는 협소하고 얕았다. 활동적인 것, 북적거리는 것, 몸을 움직여 이루어야 하는 것, 누군가와 함께 무슨 일을 하는 것, 자기 입장을 피력하는 것이 항상 어려웠다. 그녀는 책을 읽거나 혼자 차를 마실 때, 틀린 글자와 일그러진 문장을 찾기 위해 교정지에 코를 박고 일할 때 안정감을 느꼈다. 회사에서 그녀는 조용한 사람으로 통했다. 어울리는 사람이 없다는 뜻이었다. 사람들을 상대할 때 그녀는 저절로 긴장이 되었다. 말을 한 다음에는 항상 자신의 뜻이 잘 전달되었을지 의심했다. 틀린 글자를 교정보듯 잘못한 말을 찾아 자책했다. 다르게 말했어야 한다고 후회하며 다른 말을 찾아보지만 어떤 말도 확신이 서지 않아 입안에서 말을 만들다가 그만두곤 했다.

남편은 다른 사람의 말을 잘 들어주는 사람이었지만 그녀가 거의 말을 하지 않기 때문에 그녀의 말을 잘 들어줄 수 없었다. 그는 말을 잘 하지 않는 사람의 말을 들어줄 수가 없었기 때문에 말을 잘하는 사람이 되었다. "두려움이 있으면 믿지 못하고, 믿지 못하면 표현할 수도 없어. 두려운데 두렵다고 말할 수 없고, 믿지 못하는데 믿지 못한다고 말할 수 없어. 그런 말은 할 수 없지. 그런 말을 할 수 없다는 걸 아니까 힘들고. 그런데 또 아무 말도 하지 않고 있으면 다른 오해를 불러일으킬 테니까 이러지도 저러지도 못하는 거지. 그래서 피하기만 하는 거지." 그 말을 들었을 때 그녀는 자기가 할 말을 대신 해주는 사람을 처음 만났다고 생각했고, 하마터면 눈물을 보일 뻔했고, 굳이 무슨 말을 하려고 하지 않아도 돼, 적어도 내 앞에서는,이라는 그의 말을 듣는 순간에 마음의 빗장이 풀리는 걸 느꼈다. 그녀의 가족을 포함해서 그녀가 아는 얼마 안 되는 이들은 그녀가 결혼해서 사는 것을 신기해했다. 꼭 말해야 한다면 그녀는 아마 이 이야기를 했을 것이다. 그러나 그녀는 하지 않았고, 대신 남편이 했다. 그는 매사 망설이고 쭈뼛거리는 그녀에게 당신의 울타리가 되어주겠다고 말했고, 그 약속을 대체로 잘 지켰다. 그녀 곁에는 항상 남편이 있었다. 남편 없이는 그녀가 거의 움직이지 않았다는 것이 아마 좀더 진실에 가까울 것이다.

마트에서 장을 보면서 그녀는 자주 휴대폰을 들여다보았

다. 남편에게서는 답이 없었다. 문자를 확인할 수 없는 사정이 있는 모양이라고 그녀는 생각했다. 그녀가 보낸 문자를 확인했다면 답을 보내지 않을 리가 없었다. 그것이 그녀가 아는 남편이었다. 문자 보면 연락 줘,라고 써 보낸 후 그녀는 식료품을 구입했다. 젊을 때 중장비를 몰았고 최근까지 택시를 운전했던 시아버지는 돼지고기와 술을 좋아하고 시어머니는 해산물을 좋아했다. 특히 게와 낙지, 여러 종류의 조개를 넣고 끓인 해물탕을 잘 먹었다. 시아버지 정도는 아니지만 시어머니도 술을 즐겼다. 그녀는 돼지고기와 해물탕거리와 나물과 생선을 사고, 시아버지를 위해 소주를, 시어머니를 위해 막걸리를 샀다.

그녀가 장을 보고 집으로 돌아오는 사이에 그녀의 남편이 시부모와 통화하고 있었다는 걸, 전화를 걸어 출장 간 도시에 봉쇄령이 내려지는 바람에 발이 묶여 언제 돌아갈지 모르게 되었다는 사실을 알렸다는 걸 그녀는 알지 못했다. 남편은 그녀에게만 아니라 누구에게나, 특히 가족들에게 자상하고 따뜻했다. 평소에도 자주 전화를 하는 편이었다. 자기가 전화를 걸었으면서 이 사람이 전화를 드리자고 하네요,라고 말하기도 했다. 통화를 마치기 전에 지금 설거지하는데, 어머니 아버지, 사랑한다고 전해달래요,라고 말하기도 했다. 그 말을 듣고 있으면 며느리가 무심하다는 비난을 막아주려는 배려로 느껴지기도 했지만, 자신의 무심함을 나무라는 것 같기도 해서 얼굴이 붉어졌다. 어쩌면 부모님께 자주 전화를 걸라는 요구를 그런 식으로 하는 건지 모른다는 생각도 했다.

그녀가 전화를 잘 걸지 않는 건 사실이었다. 그러나 시부모에게만 그런 건 아니었다. 남편은 물론 그와 알고 지낸 사람들 대부분이 그 점을 지적했다. 손가락이 고장 났어?라고 짜증 낸 사람도 있었고, 네 전화는 수신용이야?라고 물은 친구도 있었다. 그렇게 이해심 좋은 남편조차 불만을 늘어놓은 적이 있었다. 내가 열 번 하면 그래도 한 번 정도는 해줘야 하는 거 아냐?라고 말해놓고, 그는 자기가 유치한 말을 했다며 겸연쩍게 웃었다. 결혼 전 일이었다. 그녀는 할 말이 없는데 전화를 왜 하느냐고 말해서 그를 화나게 만들었다. "그게 남자친구한테 할 말이야?" 그녀는 입을 다물었다. 할 말이 있어서 전화를 거는 건데, 전화를 걸기 위해 할 말을 찾아야 한다는 건 여간 곤혹스러운 일이 아닐 수 없었다. 실제로 그녀는 전화를 걸기 위해 할 말을 떠올리려 한 적이 있었다. 그러나 어떻게 해도 할 말이 떠오르지 않았고, 어쩌다 할 말이 떠올랐을 때는 그 말을 어떻게 해야 할지가 걱정이어서 전화를 걸지 못했다. 시어머니에게는 특히 그랬다. 그러다 보니 전화를 걸기 전부터 저절로 긴장이 되었고, 고민이 되었고, 망설임 끝에 전화 거는 걸 포기해버리는 일이 많았다. 용건이 없거나 별 용건이 아닌데도, 조금의 주저함이나 망설임도 없이, 마치 졸릴 때 하품하듯, 세상에 그보다 더 쉬운 일은 없다는 듯 자연스럽게 전화기의 숫자부터 누르고 보는 이들이, 이를테면 그녀의 남편이 그녀는 항상 신기했다.

국경을 넘는 일과 비행시간과 시차가 몸에 밴 남편의 습관을 바꾸지 못하리라는 걸 그녀는 그때까지 짐작하지 못했다. 호텔에 갇혀 지루한 상태라 관성의 지배를 더 쉽게 받았을 것이다. 아마도 그녀가 장을 보러 나갈 즈음에 남편은 그의 어머니에게 전화를 걸었을 테고, 그쪽 사정이 얼마나 험악한지를, 약간의 과장과 엄살을 섞어 장황하게 늘어놓았을 것이다. 통화는 평소와 마찬가지로, 어쩌면 평소보다 더 오래 이어졌을 테고, 그래서 그녀가 건 전화가 연결되지 않았을 것이다. 그녀가 보낸 문자도 읽을 수 없었을 것이다. 그랬을 것이다.

그렇다고 해서 무엇이 문제란 말인가. 장바구니를 들고 들어가는 그녀를 바라보는 시어머니의 눈빛이 심상치 않다는 걸 느끼면서도, 그녀는 문제를 의식하지 못했다. 예컨대 남편이 출장 가 있는 도시가 봉쇄되어 귀국이 늦어지게 된 사실을 자기가 시부모에게 알리지 않았다는 걸 의식하지 못했다. 알리지 않은 것이 잘못이라는 걸 의식하지 못했다. 무슨 의도가 있어서가 아니라 그 말을 해야 한다는 생각을 하지 못했기 때문이었다. 더 분명하게 말하면, 그것이 자기 일이라는 생각을 하지 못해서였다. 그러나 시어머니는 그녀에게 어떤 의도가 있다고 의심했고 그녀가 마땅히 해야 할 자기 일을 하지 않은 걸로 규정했다. 우리가 온 게 그렇게 싫으냐? 하고 물은 것이 그 표현이었다. "집을 고칠 동안 있을 데가 없어서 늙은이들이 아들 집에 며칠만 와 있겠다는데 그게 그렇게 싫으냐?" 시어머니는 '늙은이들'과 '아들 집'과 '며칠만'이라는 단어를 강조해서 발음했다. 말을 하면서 시어머니는 그녀를 노려보았고, 시아버지는 소파에 앉아 어처구니없다는 듯 허허, 헛웃음을 지었다. 그녀는 예상치 못한 공격을 받고 당황하여 손만 내저었다. "내가 물었잖아. 병호 언제 오느냐고. 그런데 너는 아무 말도 하지 않았다. 도시가 봉쇄되었다는 걸 알고 있었으면서 말을 안 했어. 왜 그런 거니? 우리가 눌러앉기라도 할까 봐 겁난 거니?" 시어머니의 목소리는 뾰족했다.

그녀는 시어머니의 오해와 의심이 이해되지 않았다. 변명을 해서 오해를 바로잡아주어야 한다고 생각했지만 적당한 말을 찾지 못했다. 그녀는 아니에요, 그게 아니에요,라는 말만 반복했다. 그 와중에 남편이 언제 오느냐는 질문을 시어머니로부터 받았는지 기억해내려고 하는 자신이 한심했다. 한심하다고 느끼면서도 그 생각에서 벗어나지 못했다. 시어머니가 병호는 아직 안 왔지?라고 물은 것은 생각났다. 그 물음은 대답을 기대한 것이 아니었다. 의문문 형식을 띠고 있지만 알고 있는 사실을 확인하는 서술문에 다름 아니었다. 시어머니가 그녀의 대답을 기다리지 않고 바로 말을 이어간 것이 그 증거였다. 대답할 틈을 주지 않았기 때문에 대답하고 싶어도 대답할 수 없었다. 언제 오느냐고 물은 거라면, 물은 사람은 대답을 기다려야 하고, 그랬다면 그녀는 대답했을 것이다. 출장지의 봉쇄로 인해 언제 귀국할지 알 수 없게 되었다는 사실을 당연히 알렸을 것이다. 그건 비밀이 아니었으니까. 숨겨야 할 일이 아니고 그녀에게는 숨겨야 할 이유가 없었으니까. 그러나 그녀는 그런 질문을 받지 않았고, 따라서 남편의 귀국 일정이 바뀌었다는 걸 말하지 않은 건 이상한 일이 아니었다. 그녀는 시어머니의 오해를 풀어주기 위해 그 사실을 알려주어야 한다고 생각했다. 그래서 그렇게 했다. "어머니는 저에게 병호 씨가 아직 안 왔지? 하고 물었어요. 언제 오느냐고 묻지 않았어요." 그것이 시어머니의 의심과 오해와 분을 풀어주기는커녕 오히려 더 부풀릴 수 있다는 생각을 미처 하지 못했기 때문에 그렇게 했다. 말을 하고 나서 시어머니의 표정을 본 순간 공연한 말을 했다고 후회했지만, 쏟아진 말을 거둬들일 수는 없었다. 그녀의 입에서 나온 말로 실내 공기가 차갑게 얼어붙은 게 느껴졌다. "그러니까, 네 말은 뭐냐? 내가 무식하다는 거냐? 한국말도 똑바로 못한다는 거냐?" 그녀는 울 것 같은 얼굴이 되어 소파에 앉아 있는 시아버지를 쳐다보았다. 그가 무슨 말이라도 해서 자기를 위기에서 구해주기를 바랐다. 꼭 다문 시아버지의 입에서 크음 큼, 목의 안쪽을 긁는 소리가 났다. 그러나 그게 다였다. "그게 아니라요, 제 말은……" 그녀는 벌게진 얼굴로 손을 내저었다. 말은 제대로 만들어지지 않았다.

그때 그녀의 손에 들린 전화기가 울리지 않았다면, 어쩌면 그녀는 그 자리에 주저앉아 울어버렸을지 모른다. 그녀는 전화를 걸어 온 사람이 남편인 것을 확인하고 구원자라도 만난 듯 곧바로 전화를 받았다. "어머니 아버지 오셨다며?" 이쪽의 분위기를 알 리 없는 남편은 대뜸 그렇게 말을 시작했다. 그녀는 응, 그래, 잠깐…… 얼버무리다가 얼른 전화기를 시어머니에게 넘겼다. 그러고는 달아나듯 주방으로 들어가버렸다. "조금 전에 통화해놓고 또 왜. 그래, 바이러스 조심하고, 밥 잘 먹고, 무리하지 말아라. 아들 몸이 제일 중요하다. 여기 걱정은 하지 말고. 그럼, 그럼……" 조금 전과는 달리 단어를 하나하나 한없이 길게 늘여 발음하는 시어머니의 목소리를 들으면서 그녀는 소름이 돋는 것을 느꼈다. 가슴이 심하게 요동쳤다.

## 2

집에 돌아갈 마음을 먹은 것은 마지막이라는 인식이 찾아왔기 때문이다. 나는 마지막이 되기 전에는 집에 돌아가지 않을 거라고 다짐했었다. 집을 떠날 때 아마 그 말을 했을 것이다. 어떤 두려움과 수치심 때문에 실제로는 그 말을 발음하지 못했는지 모르겠다. 그래서 그 말을 들은 사람은 나 말고는 없었는지 모르겠다. 들은 사람이 있든 없든 나는 그 말을 했다고 기억한다. 사실 그건 그렇게 중요한 일이 아니다. 그날 이후 여기저기 떠돌면서 나는 그 말을 수도 없이 중얼거렸으니까. 세상이 내 뜻을 비껴가거나 내 뜻이 세상과 겉돌 때면 거의 자동적으로 집이 떠올랐고, 집으로 돌아갈까 하는 마음이 생겼고, 그것은 나를 한층 비참하게 하는 일이었고, 그러니까 어떻게든 부정해야 했고, 그래서 그때마다 마음을 다잡듯 그 말을 밖으로 내보냈다. 불행하게도 세상이 내 뜻을 비껴가거나 내 뜻이 세상과 겉도는 일은 너무 빈번히 일어났으므로 그 말 역시 너무 자주 나를 찾아왔다. 마지막까지 버틸 거야. 마지막이 되기 전에는 집에 돌아가지 않을 거야, 절대로. 그랬다는 것은, 그렇게 부대끼고 찢기고 무너지면서도 아직 마지막은 아니라고 생각했다는 뜻이다. 아직은 견디고 버틸 수 있다고 세뇌했다는 뜻이다. 집은 마지막에 있었다. 마지막은 끝. 끝은 일의 결국을 이르는 말이니 사람이 어떻게 할 수 없는 영역이다. 끝을 통제할 수 있는 사람이 어디 있을까. 끝에 이르기 전까지는 무언가를 할 수 있다. 그러나 끝에 이르러서는 무엇을 한다는 것이 불가능하다. 할 수 있는 무언가가 없어지는 것이 끝이다. 끝의 다음은 없기 때문이다. 다음이 없는 것이 끝이기 때문이다. 나는 다음이 없다는 것을 부정하고 세뇌하는 데 지쳤고, 지쳐서 아직은 집에 돌아가지 않겠다는 주문을 외는 데 실패했다.

마지막이 되기 전에는 집에 돌아가지 않을 거라는 주문은 마지막이 되었을 때 가는 곳이 집이라는 문장을 뒤집어 놓은 것이다. 더 긍정적인 어감으로 말하면, 마지막이 되어도 돌아갈 집이 있다는 뜻이다. 부정문으로 각오를 다지고 있지만 그 말에는 다음이 없는 끝의 다음이 암시되어 있다. 저 유명한, 집으로 돌아오는 탕자를 환대하는 아버지의 비유에 기댄 이 실낱같은, 음흉한 기대는 현실의 곡절과 굴곡을 고려하지 않은 안이함의 산물이다. 멀리 있는 것은 움직이지 않는 것처럼 보인다. 공간의 거리에 시간적인 거리까지 포개지면 그런 착시는 한층 심해진다. 오랫동안 떠돌아다니는 사람에게 집은 공간적으로 멀고 시간적으로 아주 멀다. 떠도는 사람은, 움직이는 것은 자신이고 집은 고정되어 있다고 생각한다. 자신은 변하지만 집은 변하지 않는다고 생각한다. 이 생각을 붙들기 위해 집이 사람으로 이루어졌다는 사실을 애써 의식하지 않으려 한다. 집에 사람이 사는 것이 아니라 사람이 살기 때문에 집이라는 사실을 의식하지 않으려 한다. 움직이고 변하고 달라지고, 심지어 없어진 집을 몸으로 직접 확인하기 전까지 집이 움직이고 변하고 달라지고, 심지어 없어질 수 있다는 사실을 의식하지 않으려 한다. 의식하지 않으려 한다는 사실조차 의식하지 못한다. 나는 마지막이 되어 돌아온 집 앞에서 그 사실을 마침내 확인했다.

집이, 없었다. 아니, 집은 있었다. 그러나 집이 있다고 할 수 없었다. 공가. 나는 칠이 벗겨지고 군데군데 녹이 슨, 더 이상 파랗다고 할 수 없는, 그러나 많은 시간이 지났음에도 여전히 익숙한 철제 대문에 붙은 큼지막한 종이 위의 글씨들을 읽었다. 출입 금지를 표시하는 엑스 자의 붉은 두 줄과 함께 무단으로 출입한 자는 법령에 따라 3년 이하의 징역이나 5백만 원 이하의 벌금에 처해질 수 있다는 경고문이 붙어 있었다. 재건축정비사업조합장 명의의 그 경고문이 집을 찾아온 나를 맞을 줄은 몰랐다. 들어오지 말라고 막아서는 보초의 완강한 눈빛을 연상시키는 그 경고문으로부터 받은 충격이 너무 커서 나는 한때 집의 한 부분을 이루고 있었을 옷장이나 전기밥솥이나 장판 쪼가리들이 스티로폼, 비닐 같은 쓰레기들과 함께 널브러져 있는 지저분한 골목을 보지 못했다. 골목의 다른 집들에도 같은 경고문이 붙어 있다는 사실 역시 나중에 알아차렸다. 마음이 캄캄해서 아무것도 보이지 않았다. 나는 심란한 기분으로 골목길을 오갔는데, 그러는 동안 내 안에서는 알 수 없는 감정이 끓어올랐다가 가라앉았다가를 반복했다. 그것은 원망 같기도 하고 분노 같기도 했다. 슬픔 같기도 하고 절망 같기도 했다.

골목을 다섯 바퀴 돌고 나서 종호에게 전화를 걸었다. 전화를 걸면서 나는 아주 오랫동안 그와 통화하지 않았다는 사실을 떠올렸고, 그것은 이상한 일이라기보다 우리 사이가 어떤지를 드러내는 표시라 생각했고, 이어서 그가 여전히 이 번호를 사용하고 있을지 확신할 수 없다는 생각을 했다. 번호가 바뀌지 않았다고 해도 내 전화를 받지 않을 수 있다는 생각이 들었고, 그 생각은 차라리 그편이 나을지 모른다는 쪽으로 뻗어갔다. 생각이 뒤죽박죽이고 시시각각으로 바뀌어 무슨 생각을 했는지 단정해서 말할 수 없다. 신호가 가는 그 짧은 순간에 많은 생각이 태어났다 죽었다. 그가 전화를 받아서 당황했지만 전화를 받지 않았다면 어땠을지, 당황하지 않았을지 말하기 어렵다.

종호의 첫마디는 왜?였다. 매일 만나거나 자주 통화를 주고받는 사람이 보일 법한 반응이어서 나는 잠깐 말문이 막혔다. 그 일상적이고 심드렁한 목소리에서 억눌린 분노 같은 걸 읽지 못한 것은 아니다. 그러나 곧 그런 그의 반응이 터무니없지 않다고 생각했으므로 나는 마음 쓰지 않는 쪽을 택했다. 나 역시 매일 만나거나 자주 통화를 주고받는 사람이 보일 법한 일상적이고 심드렁한 목소리로, 집이 어떻게 된 거냐?라고 물었다. "집이 어떻게 되다니?" 종호는 무슨 말인지 모르겠다는 듯 반문했다. "집에 왔는데, 집이 없다. 아니, 집이 공가가 되어 있다. 대문에 공가라고 씌어 있다. 들어갈 수 없게 되어 있다." 그는 어처구니없다는 듯 피식 웃었다. 그가 웃는 소리를 실제로 들은 것은 아니다. 그런데도 그가 피식 실소를 터뜨리는 모습이 눈앞에 그려졌다. 당연하지, 빈집이니까 못 들어가지, 재건축지구로 지정되어서 이주한 게 언젠데, 하는 말은 한심하다는 말의 다른 표현이었다. 어디로 이사를 갔느냐고 묻자 종호는 이제까지의 일상적이고 심드렁한 톤을 유지하지 못하고 버럭 소리 질렀다. "그게 궁금해? 그게 왜 궁금한데?" 그에게 전화를 걸 때까지만 해도 그가 나에게 화를 낼 수도 있다는 걸 생각하지 못했다. 막연하지만 화를 낸다면 아마 그건 나일 거라고 생각했다. 관성 때문이었을 것이다. 화를 내는 쪽은 언제나 나였으니까.

내가 집에 있을 때 그는 늘 내 눈치를 봤다. 나는 내 어머니가 세 살이나 연하인 그의 아버지와 살림을 합친 것이 못마땅했고, 갑자기 생긴 네 살 아래 동생을 인정하는 게 힘들었다. 그의 아버지는 자기를 아버지라고 부르지 않는 것에 대해서는 나무라지 않았지만 종호를 동생이라고 부르지 않는 것에 대해서는 몹시 화를 냈다. "너희는 형제다. 형제는 서로 아끼고 사랑하는 사이다. 특히 형은 동생을 잘 돌봐야한다. 동생아, 하고 불러봐라." 나는 그 첫날을 기억한다. 나는 입을 꾹 다물었고, 고개를 저었고, 그래도 계속 윽박지르며 다그치자 쟤는 내 동생이 아니라고 소리쳤다. 그러자 당황한 빛이 역력한 그는 한 번 더 기회를 주겠다며 부라렸다. 나는 같은 말을 더 크게 외쳤다. "쟤는 내 동생이 아니야." 그는 내 손목을 그러쥐고 방으로 데리고 들어갔다. 그 방을 기억한다. 창문이 없고 벽이 온통 하얀색이던 아주 작은 방. 네 명이 벽을 차지하고 앉으면 상대방 무릎이 닿을락 말락한 그곳을 그는 기도방이라고 불렀다. 그 방의 전등을 안에서 끌 수 없다는 걸 그 방에 갇힌 첫날 밤에 알았다. 환하게 밝아서 잠을 잘 수 없었다. 그날 이후 나는 그 방에 자주 갇혔다. 그 방에 갇혀 이른바 '궁전'에서 보내온 '말씀'이라는 걸 반복해서 듣고 외워야 했다. 천장의 스피커를 통해 '선견자'의 말이 반복해서 재생되었으므로 귀를 막아도 듣지 않는 것이 불가능했다. 그곳에서 나오려면 '말씀'을 외워야 했다. 그 방의 빛과 허기는 참을 수 있었지만 배설물의 악취는 참기 어려웠다. 요강은 작았고 오줌은 몰라도 똥은 냄새가 심했다. 참을 때까지 참다가 발악하듯 말씀을 외우며 꺼내달라고 호소했다. 어떤 말은 외우려고 하지 않아도 저절로 외워졌다. 지금도 사라지지 않고 남아 있는 말들이 있다. 가령 이런 말들. '뜨거운 불이 떨어지면 세상은 녹아 없어질 것입니다. 궁전만 불 속에서도 끄떡없을 것입니다. 궁전에 들어온 사람만 살 것입니다.' 동생아, 하고 부르는 게 그렇게 어렵니? 하며 하소연하듯 나를 쳐다보던 어머니의 눈빛이 떠오른다. 종호는 형, 나 동생으로 생각 안 해도 괜찮아, 괜찮으니까 그냥 동생이라고 불러,라고 말해서 나를 화나게 했다. 너는, 이 새끼야, 형이라고 생각하지 않으면서 형이라고 부르는 것이 가능할지 모르지만, 나는, 이 새끼야, 동생이라고 생각하지 않으면서 동생이라고 부르는 것이 가능하지 않아, 알어? 하며 으르렁거렸다. 주먹질도 했다. "그게 뭐 대단한 거라고." 열 살짜리 종호는 나를 이해하지 못했다. 아니, 한심해한 것일까. 나는 종호가 눈치 빠르고 영리하다는 걸 인정한다. 어릴 때부터 그랬다는 것도. 그래서 형, 형, 하고 아무렇지 않게 나를 불렀다는 것도. 형이라고 생각하지 않으면서도 그럴 수 있었다는 것도. 그리고 나는 그게 그렇게 싫었다는 것도. 열다섯 살이 될 때까지 종호는 나에게 대들지 않았다. 대들면 얻어맞기만 한다는 걸 영리한 종호는 알았을 테니까.

그렇지만 이제 그는 열 살도, 열다섯 살도 아니고, 그러나 여전히 눈치 빠르고 영리하고, 그러니까 나에게 대들어도 된다는 걸 알게 되었을 것이다. 그래서 그게 왜 궁금하냐고 소리 질렀을 것이다. 그걸 궁금해할 염치가 있느냐고. 나는 나의 마지막에 대해 말할 수 없었다. 그것은 그의 질문에 대한 답이 아니었고, 무엇보다 그가 알아들을 수 있는 말이 아니었다. "내가 염치가 없지. 그래, 너무 오랜만이지. 하지만 집에 왜 오겠니? 집에 오면 가족을, 무엇보다 어머니를……" 그러니까 그게 그가 알아들을 수 있는 말이라고 생각해서 내 입에서 나온 말이었다. 그 말을 할 때, 특히 가족과 어머니라는 단어를 내보낼 때 얼굴이 화끈거리는 느낌을 받았지만, 그래서 발음이 좀 뭉개졌지만, 그 말이 그를 더 자극하게 되리라고는 생각하지 못했다. 나는 나밖에 생각하지 않는 나쁜 사람이 아니라 나밖에 생각하지 못하는 바보다. 열다섯 살의 종호가 나에게 했던 그 말이 그 순간 퍼뜩 생각난 걸 어떻게 받아들여야 할까. 영리한 종호는 나를 꿰뚫어 봤다. 나밖에 생각하지 못하는, 나쁘지도 못한 바보. "지금 형이 얼마나 웃기는 말을 하고 있는지 모르지? 자기가 얼마나 한심한 인간인지 모르지? 알 리 없지. 알면 그렇게 안 살았겠지." 나는 그의 격앙된 반응이 이해되지 않았지만, 그가 하는 말이 틀리다고 할 수 없었으므로 반박하지 못했다. 알면 그렇게 안 살았을 것이다. 종호는 화난 목소리로 전화번호는 왜 바꾸었느냐고 물었다. 전화를 얼마나 했는지 아느냐고, 얼마나 수소문했는지 아느냐고, 물어볼 사람이 아무도 없더라고, 어떻게 그렇게 사느냐고, 어떻게 그렇게 죽은 것처럼 흔적도 없이 사라질 수 있느냐고, 진짜 죽은 줄 알았다고, 그런 사람이 이제 와서 어떻게 가족, 집, 심지어 어머니, 그런 말을 입에 올릴 수 있느냐고 속사포처럼 빠르게 쏘아댔다. 대답할 겨를이 없기도 했거니와 대답을 바라고 하는 말도 아니었다. 나는 전화번호를 왜 바꾸었는지 설명할 기회를 놓쳤고, 그다음부터는 할 말을 찾지 못했다. 그걸 설명하려면 처음부터 이야기를 해야 했다. 예컨대 오직 집에서 멀어지기 위해 한동안 원양어선을 타고 바다 위에서 살았으며, 배에서 내린 후에는 이 도시 저 도시 떠돌았고, 일과 사람들에게 시달리고 부대끼다가 몸이 회복할 수 없게 망가져버린 이야기를 해야 했는데 그가 그런 이야기를 듣고 싶어 할 리 없었다. 나는 처분을 기다리는 죄수처럼 가만히 있었다.

쌓인 한을 풀어내듯 한동안 몰아치기만 하던 종호가 제풀에 지친 듯 말을 멈췄다가 한숨을 내쉬었다. 이윽고 차분해진 목소리로 살던 동네가 재건축지구로 지정된 지는 오래되었고, 마지막까지 버티다 이주한 게 6개월 전인데, 바로 시작될 것 같던 공사가 무슨 사정인지 지연되고 있다고 말했다. "어머님은 3년 전 돌아가셨어요. 독감이 유행할 때였는데, 폐렴이 심해져서, 연락하려고 나름 애썼어요. 어쨌든 연락을 못 해서 미안해요." 내가 아무 말도 하지 않고 있자 종호는 듣고 있느냐고 확인하고는 어머님 모신 곳을 알려주겠다고 말했다. 이번에도 대답을 하지 않자 그는 다시 듣고 있느냐고 묻고, 문자로 남기겠다고 했다. 동행을 원하면 연락하라는 말이 그가 한 마지막 말이었다. 그는 잠시 내 반응을 보는 듯 기다렸다가 짧은 한숨과 함께 전화를 끊었다.

# 3

그녀의 집으로 노래방 기계를 가지고 들어온 것은 시동

생이었다. 활동적인 성격의 부모님이 밖에 나갈 수 없어 심심해하고 답답해한다는 것이 이유였다. 심심해하고 답답해한다는 것은 틀린 말이 아니었다. 잠시 완화되었던 방역 지침이 다시 강화되면서 다섯 명 이상의 모임이 금지되고 식당과 술집 들은 9시에 문을 닫았다. 나이트클럽과 노래방의 영업정지는 해제되지 않았다. 아는 사람이 하나도 없는 서울의 아파트에 갇혀 지내야 하는 신세가 된 두 노인은 거실을 왔다 갔다 하며 시간이 너무 안 간다고 투덜거렸다. 시아버지는 공사의 진척 상황을 살피러 시골집을 몇 번 오갔지만 시어머니는 집 안에만 틀어박혀 지냈다. 할 일이 없으니 자꾸 먹을 걸 찾게 된다며 이것저것 먹고 싶은 걸 이야기했다. 그녀는 소고기와 키조개와 표고버섯으로 이루어진 장흥삼합이라는 걸 만들었고, 소라무침과 녹두전도 만들었다. 소주와 매실주와 막걸리도 사 날랐다. 시어머니는, 사람을 만나기 어려운 것은 어디나 마찬가지라고 해도 알고 지내는 사람이 많은 동네라면 덜 갑갑할 것 같다며 하필 이럴 때 집에 문제가 생겼는지 모르겠다고, 게다가 공사에 진척이 없어 이 답답한 서울의 감옥살이를 언제 끝낼지 모르게 됐으니 어쩌냐며 한숨을 푹푹 쉬었다. 그런 투덜거림과 한숨이 불만을 토로하는 것같이 느껴지지 않아서 그녀는 의아했다. 투덜거림과 한숨이 쌓이는 곳은 그녀의 가슴이었다. 하필 이럴 때 집수리를 하고, 공사 기간이 연장되고, 하필 이럴 때 남편이 출장을 가고, 출장 간 도시가 봉쇄되어 발이 묶인 게 불만인 사람은 그녀였다. 그러나 그들과 달리, 그녀는 투덜거림으로도 한숨으로도 불만을 표출하지 못했다. 전혀 하지 못한 것은 아니었다. 밤에 잠을 자기 위해 누웠을 때 그녀는 남편에게 투덜투덜 문자를 보내고, 남편이 어깨를 다독이는 것 같은 문자와 이모티콘을 보내오면 가만히 한숨을 토해냈다.

그러던 어느 날 부천에 사는 시동생이 부모님을 만나러 왔다. 시어머니가 전화를 해서 형 집에 와 있다는 걸 알리자, 시동생은 바로 달려왔다. 달려와서는 돌아가지 않았다. "이 난국에 누가 노래방에 와요. 가게 문 안 연 지 벌써 한참이에요." 시동생은 한참 동안 불만과 불평을 늘어놓았다. 방역 당국 사람들은 우리를 바이러스 퍼뜨리는 악당 취급하잖아요, 이러다가 굶어 죽게 생겼어요,라고 엄살을 부리다가, 이럴 때는 따박따박 월급 나오는 직장 다니는 형이 젤 부러워, 하며 너스레를 떨었다. "거기다가 이런 시국에 해외여행까지 가다니, 우리 형은 참 대단해." 큰아들의 출장을 해외여행이라고 치부하는 둘째의 말이 거슬렸는지 시어머니가, 여행이 아니고 출장이다, 출장, 하고 정정했다. 그러나 시동생은 그거나 그거나, 하며 그녀를 쳐다보았다. 그게

공가空家                                                    53

어떻게 같아요? 하는 말이 그녀의 입안에서 맴돌았다. "암튼 내 말은 요즘 남아도는 게 시간이라는 거예요. 시간은 남아도는데 할 일은 없고, 돈도 없고, 지겹고 짜증 나네요." 시동생은 시어머니가 냄새를 풍기며 만들어낸 김치전을 입에 집어넣으며 연신 떠들어댔다. 그럼 우리랑 여기 좀 있어도 되겠구나, 심심하던 차에 잘됐다,라고 말한 사람은 시아버지였다. "그럼요, 아버지. 저 시간 많다니까요." 그들은 그녀의 의견을 묻지 않았다. 그들은 그녀를 없는 사람 취급했다. 그들은 그 집이 그녀의 집이라는 사실을, 그녀의 집에 그들이 '잠시' 와 있다는 사실을 이해하지 못하는 것처럼 행동했다. 그 상황이 그녀는 몹시 어색하고 못마땅했다. 그 어색하고 못마땅한 상황에서 달아나고 싶었다. 시동생이 오기 전에도 시어머니와 시아버지는 서재가 답답하다며 주로 거실에서 지냈는데 시동생이 오고 나서는 아예 세 사람이 거실에 자리를 펴 자고 먹고 했다. 밤늦게까지 틀어놓은 텔레비전 소리와 예능 프로를 보며 깔깔거리는 세 명의 웃음소리가 안방까지 들어와 잠을 잘 수가 없었다. 그녀는 귀마개를 하고 잤다. 나오고 들어가는 것이 불편하고 어색해서 되도록 안방에서 지냈다. 그들이 자기를 없는 사람 취급하는 것도, 자기 집인데도 출입을 자유롭게 하지 못하게 된 것도 못마땅했다. 더 못마땅한 상황이 벌어질지 모른다는 예감이 그녀를 불안하게 했다. 그러면 아마 자기도 더는 견디지 못할 거라는 예감도 같이 찾아왔다.

어느 날 퇴근해서 돌아온 그녀의 눈에 거실 한쪽을 차지하고 있는 노래방 기계가 들어왔을 때 그녀는 자기가 예감한 그 상황이 무엇인지 깨달았다. "우리 집 기계 최신식이에요. 성능이 완전 좋아요." 현관 앞에서 발이 얼어붙은 그녀를 향해 마이크를 테스트하던 시동생이 자랑스럽게 말했다. 술집에도 못 가고 여행도 못 가고, 할 일은 없고 심심해 미치겠는데, 성능 좋은 최신식 노래방 기계들은 문이 닫힌 가게에서 먼지를 뒤집어쓰고 있다는 게 시동생이 노래방 기계를 가지고 온 이유였다. 당황한 그녀와는 달리 시아버지는 함박웃음을 띠며 반겼고, 시어머니는 봉쇄된 도시의 호텔에 갇혀 있는 아들에게 전화를 걸어 네 동생이 참 기특한 생각을 했다며 추켜세웠다. "그럼, 그럼. 알지. 우리가 뭐 그런 교양도 없는 줄 아냐." 시어머니는 전화를 끊고, 옆집에서 시끄럽다고 항의할 수 있으니 조심하란다, 특히 밤에는 노래 부르지 말란다, 그거야 상식이지, 우리 그렇게 교양 없는 사람 아니다, 하며 그녀를 쳐다보았다. 그녀는 시어머니가 남편의 동의도 구했으니 그 불편한 표정 펴라고 강요하는 것 같아 불편했다.

집 안이 갑자기 활기를 띤 것은 그만큼 시끄러워졌다는

뜻이었고, 그녀를 조마조마하게 만들었다는 뜻이었다. 노래방 기계의 볼륨을 줄인다고 했지만 성능 좋은 스피커의 쿵쾅거림은 집과 집 사이의 얇은 벽을 울렸고, 저녁에는 자제해야 한다는 교양과 상식도 지켜지지 않았다. 술기운과 흥에 취해 노래를 부르기 시작하면 저녁인지 밤인지를 따지는 게 어려워지고 저녁인지 밤인지를 가리는 상식도 사라지는 모양이었다. 오히려 어두워야 기분이 난다며 시동생은 거실 불을 끄고 고래고래 소리 질렀다. 한때 가수를 하겠다며 기획사 근처를 기웃거린 경력이 있는 그의 노래 실력은 상당했지만 그렇다고 시끄럽지 않은 것은 아니었다. 그녀가 회사에 있는 시간에 집에서 무슨 일이 벌어지는지 그녀는 상상하고 싶지 않았다. 그렇다고 짐작되지 않는 것은 아니었다. 그녀는 언짢은 표정과 안절부절못하는 몸짓으로 불만을 드러내며 자제해달라고 사정했다. 이웃집에서 몇 번 항의해왔기 때문이었다. 그때마다 시동생은 허리를 굽신거렸지만 술이 몇 잔 들어가면 다시 마이크를 잡고 목청을 높였다.

시동생이 그녀에게 마이크를 쥐여주며 한 곡 뽑으라고 요구한 날 그녀는 도망치듯 방으로 들어가 씩씩거리며 남편에게 항의의 문자를 보냈다. 당신 가족들 정말 환장한 것 같아. 이러다가 나 어떻게 될지 모르겠어. 제발 무슨 수를 좀 써봐…… 남편은 눈물 표시의 이모티콘과 함께 동생에게 주의를 주겠으니 이해하고 조금만 참으라는 답을 보내왔다. 이해하고 참는 것 말고 다른 방법이 없다는 걸 그녀도 알고 있었다. 말하자면 방에 들어가 남편에게 투덜거리는 문자를 보내는 것이 이해하고 참기 위한 그녀 나름의 방법이었다. 그녀는 거의 매일 밤 문자를 보내거나 전화를 걸어 불평과 불만을 늘어놓았고, 남편은 그녀의 그런 투덜거림을 받아주었다. 남편 역시 그런 식으로 이해하며 견디고 있었던 셈이다. 그러나 그런 방법이 항상 효과적인 건 아니었다. 어느 날 남편은 자기더러 어떻게 하라는 거냐며 짜증을 냈다. "그럼 어쩔 거야? 부모고 가족인데 쫓아낼 거야? 아니잖아. 나도 알아듣게 이야기하고 있어. 내가 여기서 무얼 어떻게 하겠어? 곧 공사가 끝난대. 그럼 내려가시겠지. 나도 여기 있고 싶어 있는 거 아니잖아. 나도 미치겠어. 방 안에 갇혀 꼼짝하지 못하는 나도 죽을 것 같다고." 예상치 못한 반응에 당황한 그녀가 할 말을 잃고 전화를 끊자 남편은 다시 전화를 걸어 사과했지만 그녀의 마음은 풀리지 않았다. 남편에 대한 원망이 더해지자 견디기가 더 힘들어졌다. 그녀는 비참한 기분에 사로잡혔고, 밤이면 남편을 찾는 대신 혼자 이불을 뒤집어쓰고 울었다.

그리고 그녀는 그날을 기억한다. 회사에서 일이 늦게 끝난 날이었다. 어쩌면 귀가 시간을 미루려고 일부러 일을 느리게 했는지 모른다. 현관문을 열자 어김없이 들리는 노랫소리에 그녀의 눈살이 저절로 찡그려졌다. 그녀는 거실에 모여 있는 이들에게 고개 숙여 인사하고 얼른 방으로 들어가려고 했다. 늦었구나, 하고 시어머니가 말했고, 시동생은 노래 한 곡 부르라고 했다. 다른 날과 다르지 않았다. 다른 날과 다른 것은 시동생이 마이크를 내밀 때 그녀가 좀 심하게 뿌리쳤다는 것이고, 그 바람에 마이크가 방바닥에 떨어지면서 요란한 소리를 냈다는 것이다. 에코까지 들어가 있어서 소리가 한층 컸다. 우르릉 쾅 소리가 마치 천둥 치는 소리처럼 들려서 그녀는 깜짝 놀랐다. 술이 많이 취한 시동생은 황당하다는 듯 그녀를 쳐다보았다. 갑자기 정적이 찾아와 거실의 공기를 무겁게 눌렀다. 그녀는 마이크를 집어들 생각도 하지 못하고 손을 내젓기만 했다. 지금, 마이크를 던진 거예요?라고 말하며 시동생이 그녀의 손목을 억세게 잡아 끌어당겼다. 그녀는 던진 게 아니라고, 마이크가 그냥 떨어진 거라고 말했다. "마이크가 살아 있어요? 저절로 뛰어내리게?" 취한 시동생의 눈빛이 무서워서 그녀는 눈길을 피했다. 소파에 앉아 있던 시아버지가 무슨 짓이냐, 형수한테, 하며 시동생을 나무랐다. 시동생은 지금 나 무시하는 거 보셨잖아요, 하며 억울하다는 표를 냈다. 시아버지가 뭐라, 그 손, 하고 꾸짖자, 시동생은 에이 씨, 하며 손을 놓았다. 손을 놓았지만, 한두 번이 아니라고요, 나 무시하는 거, 지들이 뭐 얼마나 잘났다고, 어쩌고 하며 투덜거리기를 계속했다.

그녀는 불편하고 언짢았지만, 불편하고 언짢은 채 그냥 방으로 들어가려고 했다. "너도 참 그렇다." 시어머니가 그녀를 나무라는 말을 하지 않았다면 그랬을 것이다. 처음에 그녀는 시어머니가 자기를 나무란다고 생각하지 못하고 아들의 무례를 나무라는 거라고 생각했다. 그런데 이어지는 말이 그녀를 겨냥해서 하는 말이라는 것이 너무나 분명해서 걸음을 멈춰야 했다. "모처럼 가족들이 모여 기분 좋게 노는데, 그렇게 유별 떨 건 뭐냐? 저 애가 뭐 나쁜 마음으로 그러겠냐. 형수님과 좋은 시간 보내고 싶어 그러는 거 아니냐. 근데 너는 마치 징그러운 벌레 떨어내듯 하는구나. 노래를 부르고 안 부르고, 그게 중요한 게 아니다. 안 부를 수 있지. 근데 너는 우리를 아주, 진짜 상대도 하기 싫다는 표시를 온몸으로 풀풀 풍기고 있지 않냐? 저 애 말이 맞다. 그래, 노래방 하는 시동생이 창피하냐? 촌에 사는 우리가 그렇게 창피하냐? 왜? 수준이 안 맞아서?" 그 말을 듣는데 갑자기 눈물이 걷잡을 길 없이 쏟아졌다. 그동안 누르며 막아왔던 감정이 일시에 터져 나왔다. 무슨 말을 해야 하는데, 무슨 말이 나오지 않았다. 그 대신 말이라고 할 수 없는, 거친, 더러운, 그녀 안에 그런 것이 있을 거라고 생각할 수 없던 소리들이 그녀의 입을 열고 밖으로 나오려고 했다. 제어할 수 없이 터져 나온 눈물이 그런 것처럼 거친, 더러운 것들이 소리의 형태로 그렇게 터져 나오는 걸 막기 위해 그녀는 있는 힘을 다해 입술을 깨물었다. 입술에서 피가 배어 나왔다. 너무 비참해서, 수치스러워 죽을 것 같아서, 그 자리에 도저히 더 있을 수 없어서 곧장 몸을 돌렸고 바로 집을 빠져나왔다.

그 순간, 무슨 말을 해도 자기 마음이 전달되지 않으리라는 걸 알았다고 그녀는 말했다. 그랬다가 입에서 불쑥 튀어나올 어떤 말을 통해 자기 마음이 전달되는 것이 두려웠다고 고쳐 말했다. 나는 그녀에게서 이 이야기를 들었다. 처음부터 나에게 이야기를 한 것은 아니었다. 한 번에 다 한 것도 아니었다. 여러 차례 나눠서, 한 조각씩 들려준 이야기를 내가 종합해서 이해한 것이다.

그날은 몇십 년 만에 최고로 비가 많이 왔다는 날이었다. 한 시간에 3백 밀리미터 이상의 폭우가 쏟아졌다. 그 집을 뛰쳐나올 때 그녀는 그 사실을 의식하지 못했고, 의식할 여유가 없었고, 그래서 빗속으로 몸을 집어넣었다. 하마터면 그들 앞에서 쏟아낼 뻔했던 거친, 더러운 말들을 폭우 속에 폭우처럼 쏟아내며 마구 걸었다. 한 번도 해보지 않은 그런 말들이 자기 안에 있었다는 사실이 놀랍고 신기했다. 그런 말들을 내쏟으면서 그녀는 자신이 거친, 더러운 사람이 된 것 같았고, 기이하게도 그것이 그녀의 기분을 좋게 만들었다. 그녀의 머리와 어깨와 얼굴을 향해 내리꽂히는 폭우가 그 거친, 더러운 것들을 밖으로 흘려보내는 것 같았고, 기이하게도 그것이 그녀를 흥분하게 했다. 집으로 돌아가지 않은 것이 그 증상이었다. 돌아보지 않는 것, 반성하지 않는 것, 추측하지 않는 것, 그동안의 그녀와 다른 그녀가 되는 것, 익숙한 자기에서 멀어지는 것, 예컨대 그냥 걷는 것, 얼마나 멀어지는지, 어디로 향하는지 생각하지 않고 무작정 앞만 보고 걷는 것, 그것이 흥분의 내용이었다.

　그날 나는 추모 공원에 가서 한나절을 보내고 돌아오는 길에 비를 만났다. 종호는 같이 가주겠다고 했지만 나는 누군가와, 특히 종호와는 더욱 같이 가고 싶지 않았다. 나의 마지막은 나보다 먼저 마지막을 선언한 어머니에 의해 상실되었다. 나는 내 마지막을 선언하기 위해 어머니를 찾았는데, 어머니는 내게 그럴 기회를 주지 않았다. 내 마지막이 어머니에 의해 이루어질 수 있을 거라고 나는 생각했었다. 최소한 마지막만은 허용될 거라고 기대했었다. 그런데 어머니는 내가 나타나기 전에 자신의 마지막을 완성해버림으로써 내 마지막이 완성되는 걸 막았다. 나는 그 가능성을 가정하지 못했다. 집이 그런 것처럼, 어머니가 이 세상에 없는 사람이 되어 있을 수 있다는 사실을, 집에 도착할 때까지 상상하지 못했다. 종호의 말이 맞다. 나는 나밖에 생각하지 못하는 바보다. 어머니의 이름이 적힌 유골함 앞에 나는 30분 동안 서 있었다. 그곳을 향해 가면서도 그랬고, 그곳에 이르러서도 줄곧 멍한 상태였다. 정신도 없고 현실감도 없었다. 그 상태로 똑같은 모양과 크기의 유골함들 사이를 바람에 쓸려 다니는 찢긴 비닐봉지처럼 서성였다.

언제 어떻게 추모 공원에서 쓸려 나와 거리를 헤매고 다녔는지, 무슨 버스를 타고 내렸는지 기억나지 않는다. 비가 언제부터 내렸는지도. 쏟아지는 비에 온몸이 흠뻑 젖은 다음에야 비로소 눈물을 폭우처럼 쏟아내고 있다는 걸 알았다. 폭우 속에서 나는 울고, 울면서 현실감을 찾는 데 폭우가 필요하다는 걸 깨달았다. 그래서 폭우 속에 몸을 내놓았다는 것을. 그 깨달음에 현실감이 있는 건 아니었다. 확실하게 현실적인 한 가지는 통증이었다. 나는 내 마지막을 선언할 장소가 사라졌다는 걸 마침내 이해했고, 그것이 내 통증의 내용이라고 짐작했다. 그래서 아프다고, 아파서 우는 거라고. 그 생각에 오류는 없었다. 그러나 그것이 전부가 아니라는 걸, 관념이 아니라 신체에 나타난 감각적 현상이고 구체적이고 물리적인 통증이라는 걸 몰랐다고 할 수 없다. 진통제가 필요한 시간이라는 걸 몰랐다고 할 수 없다. 나는 두세 걸음 비틀거리다가 전원이 나간 전자 기기처럼 바닥에 맥없이 쓰러졌다. 아귀가 잘 맞지 않는 보도블록의 홍건한 물 위에 몸이 눕혀지고 그 위로 물이 쏟아졌다. 물이 현실의 전부가 되었다. 그리고 나는 물의 일부가 되었다. 전원이 나간 전자 기기처럼 세상이 캄캄해졌다.

반성도 추측도 하지 않고 앞으로 내딛기만 하던 그녀의 막무가내 걸음이 어떻게 그녀를 거기로 데려왔는지 나는 모른다. 그녀도 모른다. 한 번도 와본 적이 없는 곳이라고 했다. 오려고 해서 온 곳이 아니라고 했다. 내 몸이 방전 상태가 되어 바닥에 쓰러졌을 때 그녀는 내 곁을 지나가고 있었다. 그녀의 상태 역시 방전에 가까웠다. 내가 쓰러지지 않았다면 그녀가 먼저 쓰러졌을 것이다. 폭우 속을 헤매고 다녔으니 체온은 떨어지고 지친 다리는 거의 끌려가는 것 같았을 것이다. 그곳을 지나가는 사람이 그녀 말고는 없었다고 했다. 그도 그럴 것이 내가 쓰러진 곳은 집마다 '공가' 표시가 붙은 재건축 지정 구역이었다. 그 구역의 집들은 비어 있었고, 사람들은 떠나고 없었다. 나는 이미 집이라고 할 수 없는 내 집 앞에 쓰러져 있었다. 정신이 없는 중에도 그곳을 향해 걸었다는 사실이 의아하기도 하고 참담하기도 했다. 그러나 그것은 나중에 든 생각이고, 쓰러져 있는 상태에서 무슨 일이 있었는지 나는 알지 못했다. 그녀는 그냥 지나가려고 했다. 자기가 쓰러질 것 같은 상태가 아니었다면 그랬을 거라고 그녀는 말했다. 이제 더 못 걷겠구나, 이제 쓰러지겠구나, 하는데 맞은편에서 비틀거리며 걸어오던 남자가, 바로 자기 눈앞에서 낡은 집이 무너지듯 쓰러졌다고, 그러니 못 볼 수가 없었다고, 보았지만 어떻게 해야 할지 몰랐다고, 실은 무슨 일이 벌어진 건지 당장은 사태를 파악하기가 어려운 상태였다고, 사태를 파악한 후에는 주변을 둘러보며 사람을 찾았는데 주변에 아무도 없었으므로 그대로 갈 수 없어 쓰러진 남자에게 말을 걸었다고, 무슨 말을 했는지는 모르겠다고, 119에 긴급 전화를 걸어야 한다는 생각이 들었지만 전화기가 없었다고, 어떻게 해야 하나 어떻게 해야 하나, 고민하며 잠시 망설였다고, 망설이다가 조금만 힘을 쓰면 비에 젖지 않게 대문 처마 밑으로 이동할 수 있을 것 같은 생각이 들어 양쪽 어깨를 잡고 끌었다고, 그렇게 하면서도 자기 힘으로, 아무리 왜소한 체격이라고 해도 성인 남자인데, 자기 힘으로 가능할지 자신이 없었다고, 불가능할 거라고 생각하면서도 그래도 해보자고 시도했던 거라고, 그런데 너무나 쉽게, 생각한 것보다 훨씬 수월하게 움직여 놀랐다고, 속이 빈 껍데기 같았다고, 너무 가벼워서 놀라기만 한 것이 아니라 가슴 한쪽이 울컥거렸는데, 그것이 무엇이었는지 모르겠더라고, 모르겠는 채로 옆에 털썩 주저앉았다고, 마음이 물로 가득 차는 것 같았다고, 그러자 이해할 수 없지만 이상한 안도감 같은 것이 물처럼 밀려오더라고 그녀는 말했다.

먼저 깨어난 것은 나였다. 비는 여전히 내리고 있었지만 아까보다 많이 약해졌고, 대문 처마 아래 누인 내 몸 위로는 빗물이 떨어지지 않았다. 어떻게 내가 거기 있는지, 내 집 앞까지 어떻게 왔고, 어떻게 현관 처마 아래 뉘어져 있는지 기억나지 않았다. 내 옆에 웅크리고 있는 여자도 기억나지 않았다. 그저 몸이 덜덜 떨렸고 갈증이 났고 재채기가 나왔다. 나는 주머니 속에서 진통제를 꺼내 침으로 삼켰다. 따뜻한 물을 한 잔 마시면 좋겠다는 생각이 들었다. 재채기 소리가 요란해서 내가 놀랄 정도였는데도 여자는 몸을 움직이지 않았다. 몸을 잔뜩 웅크리고 있는 그녀의 모습은 아주 작은 보따리처럼 보였다. 버려져 비에 젖은 볼품없는 보따리. 이 보따리는 왜 여기 있는 것일까. 나는 어떻게 여기에 있고, 내 옆에 보따리처럼 놓인 이 여자는 또 누구일까. 나는 생각을 모아보려고 했지만 기력이 없어 생각이 모이지 않았고, 오히려 눈앞이 가물가물해지려고 했다. 여자가 심하게 경련을 일으키면서 신음 소리를 내지 않았다면 다시 의식을 놓아버렸을지 모른다. 나는 눈에 힘을 주고 버텼다. 내가 그런 것처럼 그녀 역시 따뜻한 물이 절실하게 필요할 거라는 생각이 들었다. 나는 주변을 둘러보았고, 당연히 주변에는 아무도 없었고, 흐릿한 의식 속에서 나는 말을 걸었다. 이보세요. 정신 차려요. 그녀가 반응을 보이지 않은 것은 예상한 바였다. 나는 119에 전화를 걸어야 하는 게 아닐까 생각했지만, 곧 그 생각을 버리고 물에 젖은 보따리 같은 그녀의 몸을 집 안으로 옮기기로 했다. 예상은 했지만 예상보다 가벼워서 나는 놀랐다. 그녀가 보따리라면, 안에 든 것이 하나도 없는 빈 보따리였다. 그녀가 내 어깨를 잡고 처마 밑으로 움직일 때 느꼈던 것을 나는 그때 느꼈다. 가슴 한쪽이 울컥거리는 증상. 마음이 물로 가득 차는 것 같은 느낌. 그리고 설명할 수 없는 이상한 안도감. 그녀가 그 말을 할 때 나는 내가 그녀를 안으면서 느꼈던 것을 그녀도 똑같이 느꼈으리라고 짐작했다. 그녀에게 그 말을 하지는 않았다. 다만 그 심란스러운 상황에서 어떻게 안도감을 느꼈을지 생각하다가 그것이 일종의 자기 연민 같은 것이 아니었을까, 우리는 자기 연민의 투사를 연대라고 느끼는 게 아닐까 짐작했을 뿐이다.

# 4

　사람이 다 떠난 빈집에 쓰레기들 말고 뭐가 남아 있겠어
요. 이주하면서 버리고 간 살림살이가 꽤 많았는데, 가령 옷
장이나 전자레인지나 밥솥, 청소기, 그릇, 도마, 옷걸이, 선
풍기, 의자…… 침대도 그대로 있었어요. 물론 모두 어딘가
부서지거나 망가져서 제 기능을 하지 못하는 것들이었지요.
그것들도 가지고 가거나 폐기 처분을 해야 하는데, 곧 철거
될 집 안에 그대로 두고 간 거지요. 그러니까 그것들도 쓰레
기였던 거예요. 두고 간 게 쓰레기지 뭐겠어요. 사람이 떠난
집이 완전 쓰레기 하치장이나 다름없었어요. 네, 그걸 내가
다 치웠어요. 맞아요. 처음에는 그럴 생각이 없었어요. 꿈도
안 꿨지요. 들어갈 엄두도 나지 않았는걸요. '공가'와 '출입
금지' 표시가 붙은 대문이 나를 막는 것 같았을 거예요. 큼
지막한 빨간 엑스 자 막대가 그렇게 위협적일 수 없더라고
요. 안으로 들어가는 게 주저되어서 여러 날 주변만 맴돌았
던 겁니다. 맞아요. 그날 그녀를 안으로 데리고 들어가지 않
아도 되었다면 계속 그랬을 거예요. 의욕이나 계획 같은 게
없었어요. 그런 건 마지막에 닿은 사람에게 어울리는 단어
가 아니지요. 마지막이라는 인식이 없었으면 여기 오지 않
았을 거라는 말을 했던가요? 네, 그냥 하는 말이 아니에요.

나는 몸과 마음을 함부로 부리며 살았어요. 그래서 지금 내 몸은 거의 비어버렸어요. 부서지고 망가진 것들만 남아 있어요. 내 몸이 너무 가벼워서 놀랐다고 했잖아요. 내 몸이 공가예요. 쓰레기들이 버려진 빈집이에요. 그녀를 삐거덕거리는 침대 위에 누이고 물을 끓였어요. 아니요. 물을 끓일 기구는 없었어요. 찌그러진 냄비가 나뒹굴긴 했지만 전기도 가스도 끊겼으니까 뭐. 편의점으로 가서 휴대용 가스버너와 생수와 일회용 컵을 사 왔어요. 아, 컵라면과 해열제도 샀어요. 그때쯤에는 비가 그치고 하늘에 무지개가 걸려 있었어요. 무지개라니! 그 모습이 신기해서 돌아오는 내내 눈을 떼지 못했던 게 기억나네요. 집으로 돌아왔더니 그녀가 눈을 뜨고 있더군요. 침대에 누운 채였는데 기력이 없는지 움직이지 못하더라고요. 얼굴은 창백하고 입술은 새파랬어요. 아까처럼 심하지는 않았지만 몸을 떨었고요. 누군지, 여기까지 어떻게 왔고 왜 내 옆에 쓰러져 있었는지 궁금했지만 아직은 물으면 안 될 것 같았어요. 일단 몸이 좀 회복되어야 한다고 생각했지요. 물을 끓여 건넸더니 상체를 세우고 앉아 받아 마셨어요. 아주 천천히 두 컵을 마셨어요. 그러고는 다시 쓰러지더니 잠 속으로 들어가버렸어요. 119에 신고를 하지 않은 것은 잠든 그녀의 모습이, 뜻밖에도 너무 편안해 보였기 때문이에요. 네, 정말로 그렇게 보였어요. 잠자는 사람의 모습이 다 똑같지 않잖아요. 어떤 사람은 밉고 어떤 사람은 사납고 어떤 사람은 슬프고 그렇잖아요. 같은 사람이라도 상황에 따라 다른 모습을 보이기도 하고요. 그런데 그때 그녀의 자는 모습은, 뭐라고 해야 하나, 지치고 피곤한 건 맞는데, 참 고요해 보였어요. 그 모습이 보기 좋아서, 실례인 줄 알면서 한참 동안 지켜보고 있었네요.

그러고 나서 집 안의 쓰레기들을 치우기 시작했어요. 갑자기 집을 청소하고 싶은 마음이 생기더군요. 그건 그야말로 갑자기 생긴 의욕 같은 것이어서 나도 좀 놀랐어요. 그래요. 쓸고 닦고 고치고 정리하면 집이 될 것 같았어요. 쓸고 닦고 고치고 정리해서 집이 되게 하고 싶었어요. 그래서 쓸고 닦고 고치고 정리할 도구들을 사러 나갔어요. 마트와 철물점에 들러 필요한 것들을 사 가지고 돌아왔더니 그녀의 모습이 보이지 않더군요. 조금 섭섭한 마음이 들긴 했어요. 그런 게 어처구니없는 마음이라는 건 나도 알아요. 사람의 감정이란 게 참 이상한 거잖아요. 물론 오래가지는 않았어요. 몇 시간 멍하니 앉아 있다가 잠들었던 것 같아요. 하루 종일 잤어요. 네, 나도 무척 피곤한 상태였지요. 잠에서 깬 후 밥을 먹고 약을 먹고 집 안 치우는 일을 계속했어요. 무슨 기대요? 내가요? 아니요. 그런 건 없었어요. 그런 걸 기대할 상황이 아니잖아요. 모르겠어요. 내 안에 뭐가 있었을

공가空家

까요? 뭐가 있었는지 말하기 어렵네요……

지난번 나한테 모질게 말한 게 걸렸는지 종호가 전화를 걸어서 이것저것 묻고 자기 집으로 오라고 했는데, 가지 않겠다고 했어요. 종호는 반듯하고 영리해요. 용감하기도 하고요. 나하고는 비교할 수 없지요. 나처럼 이기적이고 충동적인 못난이가 아니에요. 그 애는 절대 망가지거나 부서지지 않을 인간이에요. 그 애는 집을 떠나지 않았잖아요. 네, 대단하다고 생각하지요. 존경한다는 뜻은 아니에요. 그렇지만 궁금하기는 했어요. 그 숨 막히는 폭력과 미혹의 세월을 어떻게 견뎠는지. 그 지독한 광신의 폭풍이 어떻게 스러졌는지. 괜찮았는지. 종호가 말하더군요. 그 방 기억나? 늘 불이 켜 있고 늘 귀신 웅얼거리는 것 같은 목소리가 떠돌던 방. 안에서는 불을 끌 수 없고 소리도 끌 수 없던 방. 걸핏하면 기도하라고 우리를 처넣었잖아. 거기 갇혀 선견자라는 자가 풀어놓는 이른바 새 진리의 말씀이라는 걸 듣고 외우고 듣고 외우고 그래야 했잖아. 그래야 풀려나올 수 있으니까 그랬잖아. 형은 며칠씩 갇혀 있을 때도 있었지. 안 듣고 안 외우려고 버티다가 그랬잖아. 형이 집을 나가고 어머니가 그곳에 일주일이나 갇혀 있었던 거 알아? 형을 막지 못한 벌이라는 거였어. 거기 갇혀서, 어머니도 형처럼 그 웅얼거리는 귀신 목소리를 듣고 외우고 쓰고 그랬지. 미친 짓인 걸 알면서 거부하지 못한 건 힘이 없기 때문이었어. 힘이 없어서 제지하지 못했지. 제지하지 못해서 같이 미쳐갔지. 내가 어떻게 했을 것 같아? 배운 대로 했어. 배운 대로. 나는 아버지가 그 방에 들어가야 한다고 생각했어. 그 방에 들어가 깨달아야 한다고. 미친 짓이라는 걸 깨닫고 멈춰야 한다고. 그래서 그렇게 했어. 그 방에 집어넣었지. 그러고는 방의 불을 끄고 목소리를 죽였지. 완전히 깜깜하고 완전히 조용하게 만들었지. 아버지는 꽤 오랫동안 그 캄캄한 방에 있었어. 그래도 오래 사셨어. 종호는 억양 없는 목소리로 말했어요. 너무나 건조하고 태연해서 아무 일도 일어나지 않은 것처럼 여겨졌어요. 정말 아무 일도 일어나지 않았다고 말하는 것 같았어요. 무슨 일이 일어났든 아무 일도 아니라고 말하는 것 같기도 했어요. 나는 좀 무서웠고, 꼭 그래서는 아니지만 아무 말도 하지 못했어요. 종호는 자기 집으로 오라며 다시 집 주소를 알려줬는데, 나는 그러겠다고도 그러지 않겠다고도 대답하지 못했어요.

전화를 끊고 나서, 집을 치우고 고치고 정리하는 내내 뒷방에는 접근도 하지 않았다는 사실을 깨달았어요. 그리고 집까지 와놓고도 안으로 들어가는 걸 망설이며 주위만 빙빙 돈 이유가 무엇인지도 생각해냈지요. 그 방 때문이었던 거예요. 조금 떨어져서 그 방을 노려보았어요. 방은 닫혀 있

있는데, 잠겼는지 확인하기 위해서는 문고리를 돌려보아야 하는데, 손이 그쪽으로 가질 않는 거예요. 그래서 확인하지 못했어요. 확인하고 싶지 않았어요. 네, 아직 확인하지 않았어요. 맞아요. 여태 두려움에서 벗어나지 못한 거지요. 나는 눈을 감고 돌아섰어요. 힘에 부친 일을 하고 난 것처럼 숨이 차고 다리가 후들거렸어요. 그 자리에 그대로 주저앉아 한동안 일어나지 못했어요……

그녀가 나를 찾아온 게 그날이었던 것 같아요. 나를 찾아왔다고 말할 수 있을까요? 그녀가 찾은 것은 내가 아니라 이 집이었을까요? 그 비슷한 이야기를 하기는 했어요. "여기가 이상하게 자꾸 생각나는 거예요, 그래서……" 그날은 아니지만 언젠가 그런 말을 했거든요. 또 언젠가는 여기가 조용해서 좋다고 했고요. 세상이 너무 시끄럽다고 하면서. 맞아요. 그 이후로 가끔 찾아왔어요. 주로 휴일 낮이었지만, 저녁 시간이기도 했어요. 와서 뭘 했느냐고요? 뭘 했을까요? 특별히 한 게 없어요. 그냥 가만히 앉아 있다가 갔어요. 어떨 때는 책을 읽었고, 어떨 때는 침대에 누워 한잠 자기도 했어요. 나도 무얼 하지 않았어요. 물을 끓여 차를 마시게 하는 정도였지요. 그녀나 나나 서로에게 원하는 게 없었던 것 같아요. 아, 잠든 그녀의 얼굴을 오랫동안 바라보기는 했어요. 그 얼굴을 보고 있으면 이상하게 안도감이, 네, 그

거요, 자기 연민이나 슬픔 같은 것이 스르르 퍼져 나가서 꽉 막힌 마지막 골목에 아련하게 빛을 내는 것 같은, 마지막이 길게 늘어나는 것 같은, 한없이 더 늘어날 것 같은, 그런 거요. 그 때문인지 어쩐지 나중에는 그녀를 기다리는 마음이 생긴 것 같아요. 그런 기대를 가지고 집도 더 치우고 고치고 페인트도 칠하고 했던 것 같아요. 네, 사람이 사는 곳처럼 만들려고 했어요. 공가에 뭔가를 채우는 거요. 물건도 물건이지만, 사람이 살면 공가가 아니잖아요. 사람이 없으면 빈집이 되잖아요. 물건이 채워져 있어도 사람이 없으면, 그게 빈집이지 뭐예요. 그녀에 의해서 공가가 채워진다는 생각을, 무의식적으로 하고 있었던 게 맞아요. 왜 그랬는지 모르겠는데, 그녀가 집에 오는 게 하나도 어색하지 않았어요. 오히려 그녀가 오지 않으면 생각이 나고 걱정이 되고 그랬어요. 맞아요. 띄엄띄엄 그녀의 이야기를 들은 다음부터 걱정도 되고 그랬던 것 같아요. 그녀의 시끄러운 집이 자꾸 떠오르고, 시끄러운 집에서 시달리는 그녀가 안쓰러워지고, 여기가 조용해서 좋다고 한 그녀의 말이 귀에 맴돌고…… 그러니까 이 집을 더 조용하게 만들어야겠다고 마음먹게 되고…… 그게 전부예요. 그것 말고 다른 게 뭐가 있겠어요.

마음의 부력

# 1

아내는 자기 모르게 돈 쓸데가 있었느냐고 물었다. 늦은 저녁 식사가 끝나갈 무렵이었다. 나는 무슨 말이야? 하고 물었다. 아내는, 내 얼굴을 빤히 쳐다보며 돈, 나 몰래 무슨 돈이 필요했느냐니까, 하고 덧붙였다. 정말로 궁금해서 묻는다는 투였지만 순간 나는 추궁당하는 것 같아 불편해졌다. 그녀가 평소보다 가라앉은 목소리를 내면 내용과 상관 없이 긴장부터 하게 된다. 아내는 감춰둔 잘못이 있기 때문에 그러는 거 아니냐고 하지만, 나는 그 의견에 동의하지 않는다. 우리 부부는 언젠가 이 문제로 제법 심각하게 언쟁을 벌인 적이 있는데, 잘못한 일이 없으면 긴장할 이유가 없지 않느냐는 아내의 주장에 대해 나는 잘못한 일과 긴장 사이에 직접적인 인과관계가 있는 것은 아니라고, 긴장을 잘 하지 않는 사람은 잘못한 일이 없는 사람이 아니라 둔하거나 대범한 사람일 가능성이 높다고 반박했다. 잘못을 인지하지 못할 정도로 둔하거나 잘못을 인지하고도 버틸 정도로 대범한 사람이 세상에는 있다고. 대범한 건 아니라는 뜻이니, 그럼 예민하다는 거야, 당신? 하고 아내가 공격했고, 나는 공연히 말을 덧붙여 상황을 난처하게 만들고 있다는 후회가 생겼지만 하던 말을 멈추지 못하고, 뭘 잘못해서가 아니라 혹시 하지도 않은 잘못이 들춰내져 심란한 상황이 생길까 봐 마음을 졸이는 거야, 하고 대답했다. "하지도 않은 잘못이 어떻게 들춰내진다는 거야?" 아내는 피식 웃은 다음, 별일도 아닌데 정색을 하고 막아서는 걸 보니 뭔가 수상하다며 놀렸다. 나는 살다 보면 자기가 하지 않은 잘못을 추궁당하는 어처구니없는 일을 겪을 수도 있다고 항변하려고 했지만, 그 말을 입증하기 위해 들여야 하는 수고가 꽤 번거롭게 여겨졌으므로 그만두었다. 그 대신 나는, 그런 오해를 받을까 봐, 그런 오해에 의해 생길지도 모르는 마음속의 시끄러움을 예방하려고, 왜냐하면 그런 일에 마음을 낭비하고 싶지 않으니까, 그래서 지레 긴장하는 사람이 있다고, 당신의 남편이 그런 사람이라고 덧붙였다. 당당한 주장처럼 내지른 그 말들은 실은 하소연에 가까웠다. 알지, 그런 사람이지, 당신, 하고 서둘러 마무리 지으려는 것으로 보아 그녀는 내가 주장이 아니라 하소연을 하고 있다는 걸 알아차린 게 분명했다. 그러나 내 뜻이 받아들여졌다는 만족감은 찾아오지 않았다. 오히려 어딘가 찜찜하고 불편했다. 그 이유가 내 말이 주장으로 받아들여지지 않고 하소연으로 받아들여졌기 때문이라는 사실을 모른 체하기가 어려웠다. 주장에 대한 동의라면, '당신이 그런 사람이라는 걸 안다'는 문장은 인정과 수긍의 표현일 테고, 그러므로 '당신'의 기대를 만족시킬 것이다. 그러나 그것이 하소연에 대한 동의라면, 그 문장은 무엇을 의미하는 것일까. 분명하게 말해지지 않은, 애매하기 짝이 없는 표현인, '그런'이 함축하고 있는 것은 무엇일까. '그런 사람'이라고 불린 '당신'이 마음 쓰지 않아도 된다고 할 수 있을까. 나는 소심한, 옹졸한, 치졸한 같은 단어들을 떠올리지 않으려고 안간힘을 써야 했다. 나는 모든 종류의 불화를 꺼려 하는 세심한 평화주의자라는 명분을 앞세워 소심한, 옹졸한, 치졸한을 눌렀다.

　"뜬금없이 웬 돈 이야기야?" 나는 이번에도 까닭 없이 곤두서는 신경을 애써 잠재우며 아내 말의 진의를 헤아리려고 머리를 굴렸다. 내 목소리는 얼버무리는 것처럼 나왔다. 누가 들어도 의혹을 불러일으킬 만한 내 말투가 나는 신경 쓰였다. 아내는, 무슨 돈인지 묻는 건 난데, 하는 눈빛으로 나를 한번 곁눈질하고는, 낮에 어머님이 전화해서 한 말이야, 하고 덧붙였다. 나는 곧바로, 당신이 건 게 아니고? 하고 물었다. 전화를 거는 사람이 주로 아내라는 걸 알기 때문이었다. 어머니가 아내에게 전화를 걸어 왔다는 건 의외였다. 그게 돈과 관련되어 있다면 더 의아스러운 일이 아닐 수 없었다. 어머니가 전화를 걸어 무슨 이야기를 했는지 모르지만, 나는 아내와 상의하지 않고 돈을 쓰는 사람이 아니었다. 매달 초 어머니께 자동이체되는 금액이 얼마인지 아내도 알고 있었다. 명절이나 생신, 어버이날 같은 때 옷이나 가방을 선물하는 것은 내가 아니라 아내였다. 가끔 어머니를 뵙고 오는 길에 얼마간의 용돈을 봉투에 넣어 드리긴 했지만, 대단치 않은 금액이었고, 그 역시 굳이 아내에게 숨기지 않았기 때문에 그녀가 모르고 있을 리 없었다. 설령 몰랐다고 하더라도 그것을 문제 삼을 아내가 아니었다. 그런데도 나는 혹시 아내 모르게 어떤 돈을 어머니께 드린 적이 있는지 더듬어보았다. 더듬어지는 것이 없었다. 더구나 지난달 어머니를 뵈러 갔을 때는 따로 봉투를 드리지도 않았다. 그러므로 나는 움츠러들 이유가 없었다. "내가 어머니께 돈을? 당신이 모르는 돈이 있을 리 없지." 내 말이 어이없다는 듯 아내는, 어머님께 드린 돈 말고, 어머님으로부터 가져온 돈에 대해 말하는 겁니다, 하고 또박또박 말했다. 나는 너털웃음을 터뜨렸다. 엉뚱한 변명을 늘어놓아야 하는 터무니없는 상황이 생길까 봐 잔뜩 조이고 있던 긴장이 풀어지면서 나온 헛웃음이었다. "그런 게 없다는 걸 당신이 더 잘 알잖아." 아내는 웃지 않고 자기가 그걸 어떻게 아느냐고 곧바로 되받았다. 이어서 누르듯 가라앉은 특유의 목소리로, 도통 자기에게 전화하는 법이 없는 어머니가 손수 전화를 걸어 왔다는 사실을 강조했다. "그 말을 하려고 그 무거운 전화기를 드신 거라고, 어머님께서."

자격지심이 분명할 테지만, 추궁을 넘어 취조하는 것 같은 분위기를 풍기는 아내의 눈빛이 너무 억울해서 나는, 도대체 어머니가 뭐라고 했길래 그러는지 들어나 보자고 목소리를 높였다. "쓸 데가 있으시대. 이제 우리 형편이 돈을 돌려줄 만해지지 않았느냐고 하시던데." 아내는 목소리를 높이지 않았다. 나는 헛웃음을 이어가며, 대체 무슨 말이야? 하고 따져 물었다. 나를 놀리고 있는 건가 싶어 아내의 표정을 유심히 살폈으나 그런 것 같지 않았다. 그럼 어머니가? 어머니는 더욱 그럴 리 없었다. "그러니까 어머니가 내게 돈을 꿔줬다고 했다는 거야? 당신 몰래? 허, 참, 도대체 언제 얼마를?" 나는 얼토당토않은 지적을 받은 사람이 지을 법한 표정을 지었다. 실제로 나를 향한 그녀의 지적이 얼토당토않은 것이었으므로 내 표정은 부자연스럽지 않았을 것이다. 그런데도 나는 내 표정이 혹시 부자연스럽게 보이지 않을까 은근히 마음 쓰였다. "언제 얼마인지는 말씀하지 않으셨어. 그거야 뭐 간 사람이 잘 알겠지 뭐." 아내는 그렇게 말하며 내 얼굴을 빤히 쳐다보았다. 그만 사실대로 털어놓으라고 다그치는 것 같은 얼굴이었다. 나와는 달리 그녀의 표정은 부자연스럽지도 않았다. 상상하지 못한 경로를 통해 마음이 시끄러워질지 모른다는 애초의 염려가 현실이 되는 것 같아서 신경이 곤두섰다. 그런 일 없다는 걸 당신이 더 잘 알지 않느냐는 말을 되풀이하는 내 목소리는 여전히 부자연스러웠고, 그것은 자연스러운 상태라고 할 수 없었고, 그래서 언짢았다. "내가 아는 한 그런 일이 없지. 그래서 나 모르게 돈 쓸데가 있었느냐고 물은 거야." 아내의 다그침에 나는 와락 짜증을 냈다. 다그치는 그녀를 향한 것이 아니라 그 다그침에 부자연스럽게 대응하는 나를 향한 짜증이었다. "그런 일 없다니까 그러네." 아내는 내 짜증을 받아주는 대신, 참 이상하네, 어머니가 빈말하시는 분이 아니잖아, 하고 중얼거렸다. 의심을 거둘 수 없다는 뜻이 그대로 전해졌다. 나보다 어머니를 더 믿겠다는 의지가 분명했다. 더 이상 섭섭함을 호소할 상황이 아니었다. 어머니가 빈말하는 분이 아니라는 데에는 나 역시 이견이 없기 때문이었다. 그것이 내가 곤란한 이유였다. 내 말을 믿게 하려면 어머니가 빈말을 한 거라고 말해야 하는데, 어머니는 그럴 분이 아니었다. 나는 침착해지려고 애쓰며 질문을 만들었다. "그런데 어머니가 그런 전화를 왜 당신에게 한 걸까. 나에게 하지 않고. 당신은 모르는 돈인데 말이야. 이상하지 않아?" 그게 왜 이상하다는 거냐고 반문하는 아내의 표정은 흐트러지지 않았다. "어머님은 며느리인 내가 그 돈에 대해 모른다고 생각하지 않는 거겠지. 당신이 나 몰래 그 돈을 쓰고 있다고 생각하지 않으신 거지. 그러니까 나에게 전화를 하셨겠지. 나에게 말을 하는 것이 곧 당신에게 하는 것이나 마찬가지라고 생각하셨겠지. 왜 그러셨는지 확실히는 모르지만 착한 아들에게 빚 독촉하는 게 어머님도 좀 껄끄러웠던 게 아닐까. 며느리에게 하는 게 더 편했을 수도 있고. 나는 하나도 이상하지 않은데. 나는 이상하지 않은데 당신이 이상하다고 생각하는 것은 그 돈이 내가 모르는 돈이라는 사실을 어머니가 알고 있을 거라고 당신이 믿기 때문이겠지." 나는 말문이 막혔다. 그러나 입을 닫아버리면 꼼짝없이 아내 몰래 나쁜 짓을 하고 다니는 사람으로 몰릴 상황이었다. 나는 오해를 잘 견디는 사람이 아니었다. 나는 당장 결백을 증명해 보이겠다고 씩씩거리며 곧바로 어머니에게 전화를 걸었다. 어머니는 전화를 받지 않았다. 밤 10시가 가까워지는 시간이었다. 어머니는 아마 잠들었을 것이다. 새벽 5시에 시작하는 새벽 기도회에 가기 위해 4시에 일어나는 어머니는 보통 저녁 9시면 잠자리에 들었다. "전화를 안 받으시네." 아내는 벽에 걸린 시계를 힐끗 쳐다보는 것으로 내 행동을 간접적으로 비난했다. 그렇게 느끼자 마음이 한층 심란해졌다.


## 2


우리가 다음 날 아침 어머니를 뵈러 간 것은 그 일을 확인하기 위한 것이 아니었다. 그날 일정은 예정되어 있었다. 우리 부부는 몇 년 전부터 한 달에 한 번씩 어머니를 찾아뵙고 있었다. 마지막 주 토요일이 아내와 내가 정해놓은 날이었다. 공공 기관의 지방 이전이 추진되면서 내가 속해 있는 부서가 지방으로 옮겨 간 이후 나는 서울에서 150킬로미터 떨어진 신생 도시를 오가는 처지가 되었는데, 어찌어찌하다가 석 달이 넘도록 어머니를 뵈러 가지 못한 것을 확인한 아내가 내키면 찾아가는 식으로 하지 말고 정기적으로 날짜를 정해놓자는 제안을 먼저 해 왔다. 여간해서는 그런 말을 하지 않는 분이 요새 바쁘냐고 묻고, 총각김치 담가뒀으니

가져가라고 하더라고 어머니와 나눈 통화 내용을 전하면서였다. "상황이 이전 같지 않잖아." 이전 같지 않은 상황이 무엇을 뜻하는지 모르지 않았으므로 나는 다른 의견을 내지 않았다. 그 무렵 나는 두 주에 한 번꼴로 금요일 밤에 서울에 왔다가 일요일 밤이나 월요일 새벽에 집을 나서는 생활을 하고 있었다. 주말에는 서울에서 할 일이 있었고 만날 사람도 있었다. 그렇지 않은 날은 꼼짝하기가 싫어 소파에서 뒹굴었다. 어머니가 계신 곳이 그리 멀지 않은데도 선뜻 나서지지가 않았다. 어디든 일단 움직이면 어쨌든 하루를 다 써야 했다. 그러나 아내가 내 통근 일정을 가지고 상황이 이전 같지 않다고 언급한 게 아니라는 걸 나는 알고 있었고, 내가 그걸 안다는 사실을 그녀 또한 알고 있었다.

형의 죽음은 너무 갑작스러워서 받아들이기 어려웠다. 장례를 치른 후에도 믿어지지 않아서 가끔 전화를 걸었다가 화들짝 놀라 끊곤 했다. 형이 어머니와 함께 지낸 것이 아니었는데도, 어머니를 뵈러 가면 집 안이 텅 빈 것 같은 느낌을 받곤 했다. 문득 찾아오는 예사로운 침묵이 자칫 유다른 감상을 불러낼까 봐 어머니 앞에서는 아무 말이나 주절거리는 일이 잦았다. 반대로 어머니는 부쩍 말수가 줄어들었고, 내가 실없는 소리를 해도 웃지 않았다. 더러는 귀찮다는 표정을 지어 머쓱하게 하기도 했다. 혼자 사는 어머니가 가끔 느끼고 자주 빠져들 우울을 아내는 걱정했다. 어머니에게 전화 거는 횟수가 많아진 것도 그 때문이었다. 나는 아니었다. 나는 전보다 전화를 자주 걸지 못했다. 근무지가 지방으로 바뀌고 자리 이동까지 이루어지는 바람에 바빠진 탓도 있었지만 그게 진짜 이유가 아니었다. 전화를 걸려고 하면 전과는 확연하게 다른 어머니의 시큰둥한 반응이 먼저 떠올라 머뭇거리고 포기하게 되는 일이 많았다. 어머니는 적어도 표면적으로는, 내게 이전과 같은 반가움을 표현하지 않았다. 내 목소리가 이제 이 세상에 없는 형을 떠올리게 하기 때문이라는 사실을 짐작할 수 있었으므로 섭섭하지는 않았다. 사람들은 형과 내 목소리를 자주 착각했다. 특히 전화기를 통해 나온 음성을 잘 구별하지 못했다. 어릴 때부터 형의 친구들은 나를 형인 줄 알고, 내 친구들은 형을 나로 착각했다. 어머니는…… 이제는 착각할 수 없을 것이다. 착각하는 대신 연상할 것이다. 어머니에게 형을 연상하게 해선 안 된다고 생각했으므로 나는 전화기 앞에서 자주 물러났다. 그 사실을 어렴풋이 눈치챈 아내가 전보다 자주 전화를 건다는 걸 나는 알았다. 어머니는 나보다 아내와 대화하는 걸 편해하는 것처럼 보였다. 더 길게 통화하고 더 많은 말을 주고받았다. 그것 역시 섭섭하지 않았다. 섭섭할 이유가 없었다. 힘들어하는 어머니를 신경 써주는 아내가 고마

울 따름이었다. "목소리만으로는 채워지지 않는 거야. 백 번 전화해도 한 번 얼굴 보는 것만 못한 거라잖아. 그래서 그런 말씀을 하신 거겠지. 총각김치를 가져가라니. 전에 언제 올 거냐고 물으신 적이 있기나 했어? 예전의 어머니가 아니라니까. 그러니까 우리가 한 달에 한 번 정기적으로 날을 정해서 찾아가자고." 아내가 그렇게 제안했을 때 내 안에서 무언가가 울컥하고 올라왔고, 의식하지 못하는 사이에 입 밖으로 미안해,라는 말이 튀어나왔다. 아내는 눈을 동그랗게 뜨고 내 얼굴 앞에 손바닥을 흔들어 보였다. 나는 어색한 웃음으로 내 민망함을 감췄다. 아내는 그때 내가 그녀가 아니라 형과 어머니의 얼굴을 마주하고 있었다는 사실을 알지 못했다.

집은 비어 있었고, 어머니의 휴대폰은 꺼져 있었다. 평소에도 어머니가 휴대폰 사용을 거의 하지 않는다는 걸 아내가 상기시켰다. 몇 해 전에 기능이 단순한 휴대폰을 구해서 전화 걸고 문자 주고받고 사진 찍는 방법 등을 설명해주었는데 어머니는 자기에게 무슨 급한 일이 있겠느냐며 거의 사용하지 않았다. "아마 목욕하러 가셨을 거야. 내일이 주일이잖아." 아내가 말했고, 나는 고개를 끄덕였다. 토요일은 어머니가 목욕탕에 가는 날이었다. 염색이나 파마도 토요일에 했다. 그것이 어머니 나름의 주일 준비였다.

반쯤 열린 안방 문 사이로 독서용 테이블이 놓여 있는 것이 보였다. "주의 말씀은 내 발의 등불이요, 내 길의 빛입니다"라는 「시편」의 한 구절과 어머니가 다니는 교회 이름이 적힌 작은 테이블 위에 큰 성경책이 놓여 있었다. 독서용 테이블은 어머니가 다니는 교회 목사가 심방 오면서 선물한 것이고, 글씨가 큰 성경책은 몇 해 전에 내가 구해준 것이었다. 그때까지 보던 성경책의 표지가 낡고 해지기도 했지만 어머니가 눈이 어두워져서 글씨가 잘 안 보인다고 했기 때문이었다. 어머니는 방 한가운데 꼿꼿한 자세로 앉아 성경을 읽고 쓰고 외우며 하루의 대부분을 보냈다. 어느 해인가는 연말 성경 암송 대회에서 1등을 했다며 상품으로 받은 지역사랑상품권으로 우리에게 밥을 사주기도 했다. "새파랗게 젊은것들이 돌아서면 잊어먹네, 머리가 안 돌아가네, 하며 말씀 외울 생각을 하지 않으니 한심하지 않냐. 머리를 안 쓰니까 안 돌아가지, 돌아서니까 잊어먹는 거고. 돌아서길 왜 돌아서. 한 번 쓱 읽고 외워지냐? 자꾸 읽어야지. 매일 성경을 끼고 살아야지. 저절로 되는 게 어딨어?" 그 말을 할 때 어머니의 나이는 77세였고, 어머니가 나무라는 새파랗게 젊은것들의 대부분은 육칠십대였다. 77세 노인의 남다른 체력과 총명함을 '새파랗게 젊은' 육칠십대 교인들은 부러워했다.

나는 어머니의 큰 글씨 성경책이 놓인 독서용 테이블 앞에 앉아보았다. 성경 옆에는 두툼한 노트가 있었는데,「예레미야서」를 받아 적은 어머니의 반듯한 글씨가 눈에 들어왔다. 지난번에「잠언」의 어느 부분인가를 쓰고 있었던 것을 생각하면 속도가 꽤 빠르다고 할 수 있었다. 어머니는 성경을 필사한 노트들을 장롱 서랍에 넣어두었다. 그 서랍에 형의 사진도 들어 있다는 걸 나는 알고 있었다. 어머니는 영정으로 쓴 형의 사진을 자신이 보관하겠다고 했다. 여러 장의 가족사진이 걸린 거실 벽에 걸어놓을 거라는 예상을 깨고 어머니는 장롱 서랍 속 여러 권의 성경 필사 노트들 옆에 형의 사진을 두었다. 형의 기일이 되면 그 사진을 꺼내 독서용 테이블 위에 세웠다. 그 앞에서 우리는 추모 예배를 드렸다. 어머니는 길게 기도하고 짧게 울먹였다. 그 사진을 언제 또 꺼내 보는지, 얼마나 자주 꺼내 보는지는 알 수 없었다.

안방에서 나온 나는 어떤 충동에 이끌려 부엌 옆방으로 들어갔다. 아내는 곁눈질해서 나를 보더니 식사 준비를 하겠다며 시장바구니를 열었다. 오는 길에 마트에 들러 사 온 생선과 두부와 대파와 버섯 들이 식탁 위에 펼쳐졌다. 명절을 쇠러 온 형이 사용하던 부엌 옆 작은방은 잘 쓰지 않는 잡동사니 물건들을 모아두어 빈 공간이 거의 없었다. 한 사람이 요를 깔고 누우면 꽉 찰 정도로 좁았다. 추석과 설 연휴 내내 형은 그 방에 들어찬 잡동사니들 가운데 하나인 것처럼 틀어박혀 책을 읽으며 지냈다. 벽에 기대앉아 무언가를 쓰기도 했지만 대개 배를 깔고 누워 책을 읽었다. 나는 가끔 형이 들고 온 책들 가운데 한 권을 빌려 읽었다. 그러나 얼마 읽지 못하고 곧 텔레비전을 틀었다. 나는 거실에서 밤늦게까지 특선 영화를 보고 형은 자기 방에서 밤늦게까지 책을 읽었다. 오랜만에 만났으면서도 별 대화를 나누지 않고 각자 다른 공간에서 딴 일을 하다 돌아가는 우리를 아내는 이상한 형제라고 했지만 막상 젊을 때부터 줄곧 그렇게 지내온 우리는 조금도 이상하지 않았다.

나는 방이 한 달 전에 왔을 때와 달라져 있다는 걸 한눈에 알아보았다. 가득하던 잡동사니 물건들은 어디로 치웠는지 보이지 않았고, 그래서 그 좁던 방이 꽤 넓어 보였고, 바닥에는 명절 연휴 때처럼 한가운데 요가 깔려 있었다. 그리고 나는 형의 얼굴과 마주했다. 어머니의 장롱 서랍에 성경 필사 노트와 함께 보관되어 있던 형의 사진이 한쪽 벽면을 차지한 채 웃고 있었다. 마흔일곱 살의 형이 그 방이 자기 방이라고 선언하고 있는 것 같았다. 그 사진은 어머니의 칠순을 맞아 남해로 떠난 가족 여행에서 찍은 것이었다. 가족이라고 해봤자 어머니와 형, 그리고 우리 부부가 전부였다. 형은 결혼을 한 적이 없으니 데리고 올 가족이 없었고 유학 중인 내 딸은 학기 중이어서 귀국하지 않았다. 갑작스러운 형의 비보를 받고 허둥지둥하는 나를 대신해서 아내가 자신의 휴대폰 사진첩에서 그 사진을 찾아내 영정 사진으로 쓰게 했다. 형은 자주 웃었지만 한 번도 환하게 웃지는 않았다. 그래서 웃는 형은 늘 쓸쓸했다. "면목이 없다, 내가." 나는 그 말을 몇 번이나 들었는데(주로 명절을 쇠고 돌아가는 차 안이었을 것이다) 그 말을 할 때마다 그는 엷은 미소를 어색하게 지었다. 내가 세상에서 가장 쓸쓸하다고 생각하는 웃음이었다. 왜 그런 말을 하느냐고 손을 저으면, 내가 영 자식 노릇을 못 한다, 하며 허공을 올려다보거나, 너라도 어머니 마음 구겨지지 않게 하니 다행이다만, 하고 말끝을 흐렸다. 그 말을 들을 때 내 마음은 마구 구겨지고 심하게 헝클어졌다. 누가 자식 노릇을 제대로 하느냐 마느냐의 문제가 아니었다. 형이 진심으로 하는 말이라는 걸 알면서도, 아니, 알기 때문에 더 그 말을 듣는 것이 힘들었다. 그 말을 할때 짓는 그 웃음을 대하는 것이 힘들었다. 그 말을 듣지 않은 것으로 하고 싶었다. 그 미소를 보지 않은 것으로 하고 싶었다. 형이 자식 노릇을 제대로 하지 못한다거나 내가 그 노릇을 제대로 하고 있다는 생각을 한 번도 해본 적 없지만, 없는데도, 그런 노릇을 제대로 할 수 있는 조건을 가지지 못한 자신의 처지와 감정에 대해 말한다는 것을 모를 수 없었으므로 그 자리가 불편하고 마음 쓰였다. 자기와는 달리 그런 조건을 가졌다고 생각하는 동생에 대한 형의 마음이 헤아려져서 어쩔 줄 모르는 상태가 되었다. 어떤 말을 해도 마음이 제대로 전달되지 않으리라는 생각이 들어 어떤 말도 하지 못했다. 형이 잘 못하고 있는 게 아니야, 내가 잘하는 것도 아니고, 그런 말 하지 마, 제발, 하고 속으로만 말했다. 나는 언제나 그랬듯 이번에도, 제발 그런 말 하지 말라고 속으로만 말하고 형의 방을 나왔다.

식사 준비를 마친 아내가 점심상을 차려놓았는데도 어머니는 돌아오지 않았다. 목욕탕에 갔다면 벌써 돌아왔어야 할 시간이었다. 114에서 알려준 번호로 전화를 걸었는데 어머니의 단골 미용실 미용사는 오늘 어머니가 방문하지 않았다고 했다. 연락해볼 다른 곳이 없었다. 식탁에 앉은 아내는, 이상하네, 우리가 오는 날인 줄 아실 텐데, 하고 중얼거리며 기다리고, 나는 여기저기 서성이다가 부엌 옆방으로 다시 들어가 형의 얼굴을 한참 동안 쳐다보았다. 그 방이 자기 방이라고 선언하면서도 형은 좀 수줍어하는 것 같았다. 나는 눈길을 피하고 바닥에 깔린 1인용 요 위에 누웠다. 내려다보는 형과 다시 눈이 마주쳤다. 자세를 바꾸는 대신 눈을 감자 휴대폰이 요란하게 울리던 어느 명절 전날의 일이 떠올랐다. 벨 소리는 형의 방에서 울리고 있었다. 나는 형이 잠들어서 듣지 못하는가, 하고 방 안을 들여다보았다. 형은 방바닥에 배를 깔고 누워서 책을 읽고 있었다. 나는 전화기가 울린다는 걸 알려줬다. 형은 울리게 내버려두라고 했다. 무슨 전환데 안 받아? 하고 묻자, 뻔하지, 빚 갚으라는 독촉 전화겠지 뭐, 하며 대수롭지 않게 대꾸했다. 나는 질문을 더 하려다가 대화를 원치 않는 것 같은 형의 완고한 등을 보고 가만히 물러났다. 그와 비슷한 옛 기억들이 스치듯 떠올랐다가 사라졌다. 그러다가 어느 결에 잠이 들었던 것 같다. 선명하지 않은 꿈을 꾼 것으로 보아 깊은 잠을 잔 것은 아니었다. 나를 깨운 건 아내였다. 그녀는 벽에 걸린 시계를 가리키며 우리가 도착한 지 두 시간 반이 지났다고 알려줬다. 걱정이 안 되느냐고, 어떻게 태평하게 잠을 잘 수 있느냐고 야단치는 것 같아 무안했다. "시간이 벌써 그렇게?" 일부러 크게 기지개를 켜며 일어나 앉는데, 깨기 직전의 꿈속 장면이 덩달아 일어나 머릿속 한 자리를 차지하고 앉았다. "그렇게 날짜를 안 지키면 어떻게 하냐? 사람이 신용이 있어야지. 두 시간 반이나 지났다." 혀를 끌끌 차며 그렇게 말한 사람은 어머니였다. 나는 어머니로부터 신용이 없다고 야단맞고 있었다. 내가 돈을 꾼 사람인 것은 분명했으나 어머니가 돈을 꿔준 사람인지 아닌지는 확실하지 않았다. 채권자로서 내게 화를 내는 것 같기도 하고 채무자인 나의 보호자 신분으로 충고를 하는 것 같기도 했다. 어느 쪽이든 터무니없긴 마찬가지지만, 두 시간 반이 지났다는 말은 더 맥락을 알 수 없어 황당했다. 아내가 나를 깨우면서 한 말이 꿈속의 어머니 목소리와 뒤섞였다는 사실을 깨달았지만 찜찜한 기분은 사라지지 않았다. 나는, 두 시간 반이나 지났구나, 하고 중얼거렸다. "걱정 안 돼? 대체 어머님이 어딜 가셨을까?" 나는 황당한 꿈의 터럭들을 떨어버리려고 머리를 흔들었다. 아내는 곧 어두워질 텐데, 하며 창밖으로 시선을 주었다. 나도 창 쪽을 바라보았다. 곧 어두워질 것 같지는 않았으나 그렇게 시간이 흘렀는데도 연락도 없이 돌아오지 않고 있는 어머니가 걱정되기 시작했다. 우리가 찾아오는 날이라는 걸 알고 있다면 더욱 이해할 수 없는 일이었다. 이제까지 우리가 오는 날 어머니가 집을 비운 적은 한 번도 없었다. "목사님께 연락해볼까?" 생각에 잠겨 있던 아내가 물었다. 어머니가 이렇게 오래 시간을 보낼 곳이 교회 말고는 없다는 걸 아내도 알고 있다는 뜻이었다. 어머니에게 혹시 무슨 일이 생기면 연락하기로 하고 어머니가 다니는 교회 목사의 전화번호를 내 전화기에 입력해두고 그분에게도 내 전화번호를 알려준 것이 몇 해 전이었다. 다행히 그동안 목사도 나도 연락할 일은 없었다. 드디어 연락할 일이 생긴 건가. 나는 주섬주섬 전화기를 꺼내 주소록에서 '열린교회 목사님'을 찾았다.

내 이름을 듣고도 목사는 내가 누구인지 바로 알아차리지 못했다. 어머니 이름을 대자, 그때서야 아, 신 권사님, 하고 알은척했다. 나는 어머니를 뵈러 왔는데 집이 비어 있고, 두 시간 반 동안 연락이 안 되어서 혹시 교회에 계시는가 하고 전화를 했노라고 사정 이야기를 했다. "아, 그러시구나. 근데 날을 잘못 잡아서 오셨네." 나는 우리가 매달 마지막 주 토요일에 찾아오는 걸 어머니가 알고 있을 거라는 말은 하지 않았다. "교회에 계시나요? 그러면 다행입니다만." 목사는 교회에 계시면 문제가 아니지요, 하고는 어떤 지명을 이야기했는데 머리에 쉽게 입력이 되지 않는 고유명사였다. 거기가 어디냐고 묻자 기도원이라고 했다. 교회에서 한 시간 떨어진 거리의 산속 기도원인데, 어머니가 속해 있는 여선교회 회원들이 월례회 겸 기도회를 위해 와 있는 것이라고 했다. 오전에 교회에서 출발했고, 저녁 늦게 돌아갈 예정이라고 했다. 나는 별일 없는 거지요? 하고 물었고, 목사는 그럼요, 기도하러 온 건데요, 했다. "염려하지 마세요. 교회 차로 모셔다드릴 겁니다." 나는 별일 없으니 다행이라고 말했지만, 그러나 어머니가 마지막 주 토요일에 우리를 기다리지 않고 집을 비운 것을 별일 아니라고 할 수 없다는 생각은 내비치지 못했다. 목사는 어머니를 바꿔줄 테니 통화해보라고 했다. 나는 송화기를 한 손으로 가리고 아내에게 어머니가 좀 멀리 가 계신다고 말해줬다. 어디? 하고 아내가 물었다. 나는, 무슨 기도원이래, 목사님이랑 교회분들이 함께 가셨다는데 오늘 밤늦게나 돌아오신다고 하네, 하고 알려줬다. 밤늦게? 그럼 못 뵙는 거야? 하고 아내가 다시 묻는데, 여보세요, 하는 어머니의 음성이 들렸다.

저예요, 어머니, 하고 인사하자, 누구냐, 성준이냐, 하는 물음이 돌아왔다. 성준이는 형의 이름이었다. 순간 목에 무엇이 걸린 것처럼 숨이 막혀 어떤 말도 나오지 않았다. 그러나 침묵은 길지 않았다. 어머니가 곧 자신의 실수를 정정했기 때문이다. "내 정신 좀 봐라. 성준일 리가 없지. 그런데 어쩐 일이냐?" 나는 일단 안도했지만, 어머니가 어쩐 일이냐고 물었기 때문에 다시금 몸과 마음이 서서히 경직되는 걸 피할 수 없었다. 어머니는 오늘이 우리 부부가 어머니를 뵈러 오는 날이라는 걸 기억하지 못하는 것이 분명했다. 단지 날짜를 착각했을 수도 있지만 그렇게 단순하게 넘길 일이 아닌 것 같다는 생각이 들었다. 어젯밤 아내가 한 말을 비롯해 몇 가지 에피소드가 연달아 떠올랐다. 나는 경직된 목소리로 내가 누구인지 아느냐고 물었다. 어머니는 웬실없는 소리를 하느냐며 웃었다. "네가 누구인지 네가 제일잘 알지, 그걸 왜 나한테 묻냐?" 옳은 말이지만 그건 내가 듣고자 하는 답이 아니었다. 나는, 내가 성준이예요, 성식이예요? 하고 되물었다. 어머니는 내 물음에 아무 답도 하지 않았다. 나는 내처 다그쳐야 한다는 내부의 목소리와 어머니를 괴롭히면 안 된다는 다른 목소리 사이에서 갈등했다. 어머니가 질문에 대답하지 않고 침묵하는 까닭을 헤아리는 일이 중요했으나 갈등을 오래 지속할 수 있는 상황도 아니었다. 그리고 그런 상황이라면 일단 물러나는 것이 현명한 방법이었다. 나는 두 시간 반 전에 도착해서 기다리고 있다고 말했다. "그렇구나. 그런데 어쩌냐?" 어머니는 교회 차를 타고 기도원에 왔는데 저녁 늦게나 돌아갈 거라고 설명했다. 목사로부터 이미 들은 내용이었다. 이번에도 무슨 기도원인지 이름이 들어오지 않았다. 어머니는 자고 갈 거냐고 물었다. 나는 아내를 쳐다보며, 자고 갈래? 하고 입 모양으로 물었다. 아내는 손을 흔들고 엑스 자를 그려 보였다. 저녁 약속이 있잖아, 하고 아내 역시 입 모양으로 말했다. 어떤 약속인지 생각나지 않았지만 아내는 늘 나보다 바쁘고 나보다 만나는 사람이 많으니까 내가 모르는 약속이 있다고 해도 이상한 일은 아니었다. 나는 저녁에 약속이 있어서 서울로 돌아가야 한다고 어머니에게 말했다. "그럼 할 수 없지." 어머니는 조심해서 돌아가라고 말하고 전화를 끊으려 했다. 나는 통화를 마치기 전에 어젯밤에 아내로부터 들은 내용을 확인해야 한다는 마음에 내몰려 다급하게 물었다. "잠깐만요, 얼마 전에 집사람이랑 통화했지요? 그때 어머니가 저한테……" 거기까지 말한 다음 적당한 단어를 찾느라 잠시 멈춘 사이에 어머니가 빠르게 말을 이었다. "며느리하고야 자주 통화하지. 그 애가 워낙 자주 전화를 걸어 오지 않냐. 전화해서 별 이야기를 다 한다. 그런 애가 없지. 나 심심할까 봐 그럴 테지만 그러지 않아도 된다. 나는 잘 지낸다. 심심할 시간도 없다. 화초들 돌보지, 교회 가지, 청소하지, 빈 시간이 별로 없다. 화초들이 얼마나 수다스러운지 아냐. 그것들 말 들어주고 대꾸해주고 그러려면 하루가 모자란다. 그러니까 내 염려는 하지 마라. 나는 잘 지낸다." 어머니는 갑자기 기분이 좋아진 듯 말을 많이 했지만 마지막까지 돈 이야기는 하지 않았다. 하는 수 없이 내가 꺼내지 않을 수 없었다. 나는 혹시 돈을 써야 할 곳이 있느냐고 물었다. "돈이 필요하시면……" 어머니는 내 말을 자르고 곧바로, 노인이 돈 쓸 일이 어디 있겠느냐고 했다. 며느리와 통화하면서 돈 쓸데가 있다고 하지 않았느냐고 물으려는데 어머니가 이제 어딘가로 이동하는 모양이라며 전화를 끊어야겠다고 했다. 나는 더 이야기를 이어가려고 했지만 서둘러 작별 인사를 하는 어머니의 목소리에 지고 말았다. "내 걱정은 말고 냉장고에 파김치 해놓은 거 있으니 가지고 가

라. 파란 통에 든 거다. 조심해서 가고 감기 조심하고 오가며 차 조심해라. 끊는다."

"뭐라셔?" 전화를 끊고 베란다를 가득 채우고 있는 어머니의 화분들을 가만히 바라보고 있는데 아내가 물었다. 여러 종류의 크고 작은 화분에 심긴 나무들이 생기발랄했다. 꽃을 피운 놈도 여럿이었다. 잎은 윤기가 돌아 반질반질하고 꽃은 밝고 환했다. 잎이며 꽃의 모양이 제각각이었다. 똑같은 모양의 잎이나 꽃은 없었다. 한참 바라보고 있자니 그것들이 내 눈길을 받고 발돋움하며 일어나는 것 같은 착각이 들었다. 그러나 그럴 리가 없었다. 나는 그것들의 이름을 하나도 알지 못했다. 내게는 그것들의 고유함에 대한 인식이 없었다. 화초들이 사람의 눈길을 받으면 발돋움하며 일어선다고 말한 사람은 어머니였다. "아이고, 이 예쁜 것, 하고 눈으로 쓰다듬으면 내 눈길을 받고 발돋움하며 일어난다, 이 애들이. 얼마나 기특한지 모른다." 어머니는 그들과 대화했다. 어머니 집 베란다의 식물들은 모두 자기만의 고유한 이름을 가지고 있었다. 어머니는 생물을 분류하는 단위로서의 종의 이름에는 관심이 없었다. 어머니가 산세비에리아나 행운목 같은 식물들의 이름을 모를 리 없었다. 그러나 어머니는 그들을 그런 이름으로 부르지 않았다. 파랑이나 쭉쭉이나 하늘이가 어머니가 부르는 식물들의 이름이었다. 꽃의 색깔과 잎의 생김새와 줄기의 질감에 따라 각기 다른 이름이 붙여졌다. 어머니는 파랑이나 쭉쭉이나 하늘이의 이름을 부르며 손자에게 하듯 화초들을 쓰다듬고 어루만지고 대화했다. 예부터 그랬지만 아버지가 돌아가신 후 혼자 살게 되면서 더 그래졌다. 나는 어머니처럼 식물들의 이름을 불러주고 싶은 마음이 문득 들었지만 어떤 놈이 파랑이고 어떤 놈이 쭉쭉이고 어떤 놈이 하늘인지 구분할 수 없어 그러지 못했다. 뭐라시냐니까? 하고 아내가 큰소리로 다시 물었다. 나는, 이놈들이 아주 수다스럽다는데, 이놈들 말 들어주느라고 시간 가는 줄 모른대, 하고 대답했다. "무슨 뚱딴지같은 소리야?" 나는 베란다의 화분들을 손가락으로 가리켰다. "농담 말고." 그녀는 즉각적으로 그렇게 말했지만 곧 농담이 아니라는 걸 깨달은 듯, 그것 말고, 하고 수정했다. 나는 소파로 돌아와 앉으며 노인이 돈 쓸데가 어디 있느냐고 하신다고 알려줬다. 아내는, 제대로 물었어야지, 내가 여쭤봤어야 하는데, 하며 입을 삐죽였다. 하지만 곧 언짢은 기분을 표현한 것으로 여겨질 수 있는 그 표정을 거두어들였다. 내가, 돈 이야기는 꺼내지 않았어, 근데 형 이름을 불렀어, 나한테, 하고 말했기 때문이었다.

# 3

사람들이 내 목소리와 형의 목소리를 잘 구분하지 못한 것은 사실이었다. 어머니조차 간혹 내 목소리와 형의 목소리를 헷갈려 했다. 그러나 부언할 것이 있다. 어머니가 형의 목소리를 내 목소리로 착각하긴 했지만, 내 목소리를 형의 목소리로 착각한 적은 없었다. 형에게는 성식이냐? 하고 가끔 물었지만 나에게 성준이냐? 하고 물은 적은 없었다. 이상한 말 같지만, 나는 어머니가 내 목소리는 확실히 알아듣는데 형의 목소리는 그러지 못한다고 막연하게 생각했었다. 형의 목소리는 나를 닮았지만 내 목소리는 형의 목소리를 닮지 않았다는 식으로. 애매하고 흐리멍덩한 것을 견디지 못하는 아내가 지적할 때까지 나는 이런 생각이 이상하다는 것도 의식하지 못했다. "정말 해괴한 말인 거 알아? 오르막길이긴 한데 내리막길은 아니라는 말이야? 비슷하게 생겨서 헷갈리는 매화꽃하고 살구꽃을 예로 들어 생각해보자고. 당신의 그 말은 매화꽃은 살구꽃을 닮았는데 살구꽃은 매화꽃을 닮지 않았다는 거잖아. 살구꽃은 매화꽃과 헷갈리지만 매화꽃은 살구꽃과 헷갈리지 않는다? 말이 되나?" 아내는 어이없다는 뜻으로 그 예를 들었지만 나는 고개를 갸웃하며, 말이 안 되나? 하고 중얼거렸다. 살구꽃을 매화꽃으로 착각한 적은 많아도 매화꽃을 살구꽃으로 착각한 경우는 없다는 사실이 떠올랐기 때문이었다. 내가 확신 없는 목소리로 그 사실을 언급하자 아내는 중요한 뭔가를 깨달은 사람처럼 고개를 크게 끄덕이며 손뼉까지 쳤다. 뚱한 표정을 짓고 있는 내게 아내가 덧붙였다. "매화꽃을 보자마자 당신은 그 꽃이 매화꽃이라는 걸 알아. 매화꽃이 아닌 다른 꽃일 수 있다는 생각을 아예 하지 않지. 매화꽃이 더 흔하다고 할까, 더 보편적이라고 할까, 아니면 더 대표적이라고 해야 할까, 암튼 더 친근하지. 거기다가 사람들은 매화꽃을 보려고 매화꽃이 피어 있는 곳을 일부러 찾아가기도 하잖아. 매화꽃 필 때 맞춰 축제를 열기도 하고. 그러니까 매화꽃은 다른 꽃으로 오인될 수가 없는 거지. 반면에 살구꽃은 흔하지 않고, 어쩌다, 대개는 우연히 발견될 거란 말이야. 살구꽃을 보러 어디로 간다는 말은 못 들어봤어. 살구꽃 축제가 있는 것 같지 않고. 그러니까 대개 살구꽃은 그 꽃이 거기 있을 거라고 기대하지 않은 상태에서 발견되는 경우가 많겠지. 그러다 보니 살구꽃은 살구꽃으로 바로 인식되지 않고, 모양이 닮은 어떤 꽃, 더 대표적이고 더 흔하고 더 친근한, 예컨대 매화꽃으로 오인될 수 있을 거야. 어머님이 당신의 목소리는 아주버님의 목소리로 착각하지 않으면서 아주버님의 목소리를 당신의 목소리로 착각하는 현상도 마찬가지 아닐까. 말하자면 당신의 목소리가 더 흔한 거야. 대표적이라고 해도 되고. 더 친밀하게 느낀다는 뜻이기도 하겠지. 당신의 목소리가 아주버님의 목소리를 닮지 않아서가 아니야. 매화꽃이 살구꽃을 닮지 않은 것이 아니듯이."

아내는 어머니에게 거의 전화를 하지 않았던 형과 자주 전화를 하고 뵙기도 더 자주 하는 내 목소리에 대한 어머니의 자동적이고 자연스러운 반응으로 이 문제를 풀어 설명했다. 아내의 설명은 그럴듯해서 반박하기가 힘들었다. 그렇지만 반박하지 않은 것이 온전히 수긍해서는 아니었다. 꼭 그것 때문이라고 말할 수는 없을 것 같았다. 아니, 그 말 속에 숨어 있는 발톱을 보고 싶지 않아서라고 할 수도 있었다. 그 순간 내 속에서 어렴풋이 떠올랐다 가라앉았다 하는 생각들을 말로 옮기기는 어려웠다. 그것은 나만 느끼는 종류의 감정일 수 있었다. 설명하기 어려운 자격지심이나 일종의 자책감 같은 것이 입을 틀어막았다고 할 수도 있었다. 어머니가 나에게 더 친밀하게 느낀다는 뜻이기도 하다는 아내의 말이 귓가에서 맴돌았다.

그리고 마침내 나는 내가 형에게 돌아갈 몫을 부당하게 차지했을 수 있다는 생각에 사로잡히지 않으려고 무진 애를 쓰고 있는 자신을 외면하지 못했다. 의도와 상관없이 혜택을 더 받은 사람이라는 생각은 편애의 대상이었음을 인정해야 하므로 위험했고, 그래서 회피해야 했다. 편애의 대상이 된 사람이 느끼는 마음의 불편함을 사람들은 간과한다. 그들은 한쪽으로 치우친 사랑에서 제외된 사람의 아픔에 주목할 뿐, 주목하느라, 한쪽으로 치우친 사랑의 대상이 되어 있는 사람의 마음이 어떤지는 헤아리려 하지 않는다. 이쪽이나 저쪽이나 이 사랑의 실행에 전적으로 수동적이라는 점에서 다르지 않다. 치우친 사랑에서 제외된 자만이 아니라 그 사랑의 선택을 받은 자 역시 비자발적이다. 그렇지만 결과적으로 혜택을 더 받은, 더 받았다고 느끼는 사람이 덜 받은, 덜 받았다고 느끼는 사람을 향해 갖게 되는 마음의 부담감을 피해 갈 수는 없다. 형의 입을 통해 '면목 없다'는 말을 들을 때 내가 느끼곤 했던, 어딘가로 달아나고 싶은 부끄러움과 난처함을 나는 아무에게도 말하지 못한다. 누군가에게 말해야 한다면 그 첫번째(어쩌면 유일한) 대상은 형일 것이다. 형이어야 할 것이다. 그러나 나는 말할 수 없었고, 말하지 못했고, 이제는 영원히 말할 수 없게 되어버렸다. 형은 이 세상에서 사라짐으로써 그런 기회를 앗아가버렸다. 형의 그 말이 나를 견딜 수 없게 한다는 사실을, 아마 형은 알지 못했을 것이다. 면목 없다는 형의 말이 나를 면목 없게 한다는 사실을, 아마 형은 몰랐을 것이다. 그러니까 그런 말을 했을 것이다. 그에게 나를 괴롭히려는 무슨 의도가 있었겠는가. 아니, 알았다고 하더라도 어쩔 수 없었을 거라는 생각이 지금은 든다. 그것 말고 달리 할 말이 없었을 것이다. 알면서도 하지 않을 수 없었을 것이다.

돌아오는 차 안에서 나는 「창세기」의 인물 야곱이 느꼈을 마음의 짐에 대해 아내에게 이야기했다. 혼돈하고 공허한 채로 내 마음속에 떠돌던 무정형의 어둠을 끄집어낸 순간이었다. 어머니 리브가는 야곱을 사랑했다. 그녀가 큰아들인 에서를 미워한 것은 아니었다고 생각한다. 그녀는 단지 작은아들을 사랑했을 뿐이다. 한 사람을 사랑했을 뿐인데 다른 누군가가 사랑받지 못하는 일이 일어나는 것이 세상 이치다. 사랑이 차별을 만들어내는 것은 역설이다. 누군가의 이름을 부르는 행위는 다른 누군가의 이름을 부르지 않은 행위와 같은 것이 된다. 이긴 사람이 호명되면 진 사람이 누구인지 저절로 알게 되는 것과 같은 이치다. 사랑하는 사람의 이름이 호명되면 사랑하지 않는 사람이 누구인지 저절로 알게 된다. 리브가는 사랑하는 아들 야곱을 에서처럼 꾸며 장자가 받을 아버지의 축복을 받게 했다. 이 과정에 술수와 속임수가 동원되었다. 눈먼 남편―아버지를 속이고 순진한 큰아들―형의 것을 빼앗았다. 속이고 빼앗으려는 의도는 이 이야기의 원인이 아니다. 사랑이 있을 뿐이다. 사랑이 속이고 빼앗는 사건을 만들어냈을 뿐이다. 사랑이 어떻게 이럴 수 있는가. 사랑이 사랑하는 이를 선택하는 일이면서 동시에 사랑하지 않는 이를 선택하지 않는 일이 되기 때문이 아닌가. 에서가 느꼈을 박탈감이 어떨지는 말하지 않아도 알 수 있다. 말하지 않아도 알 수 있지만 누구나 말한다. 그렇지만 야곱은? 야곱은 아무렇지 않았을까? 자발적인 어떤 행위를 하지 않았음에도 불구하고 결과적으로 자기 때문에 형을 소외시키고 형에게 박탈감을 준 셈이 된 동생의 마음속은 어땠을까? 형을 사랑에서 배제하는 이 드라마에 어떤 적극성도 없이, 그러나 어쩔 수 없이 참여한 꼴이 되고 만 동생이 형 못지않게, 어쩌면 형보다 더 괴로웠을지 누가 아는가. 말하지 않으면 알기 힘들다. 말하지 않으면 알기 힘들지만 누구도 말하지 않는다. 어쩌면 어머니의 사랑이 부담스러워 거부하고 싶을 때도 있지 않았을까, 하고 나는 생각한다. 자기를 사랑하는 어머니가 싫어서가 아니라 자기를 사랑하는 어머니의 사랑을 받지 못하는 형을 볼 낯이 없어서. "어머님이 편애를? 당신에게? 내가 겪은 어머님은 그런 분이 아닌데. 누구를 더 사랑하고 덜 사랑하는 분이 아니잖아." 아내는 「창세기」의 두 형제에 대한 내 이야기를 나와 형의 이야기로 옮겨왔다. 아마 아내의 관찰이 맞을 것이다. 어머니는 누구를 더 싫어하거나 더 사랑하는 분이 아니었다. 형으로부터 그런 불만을 들어본 적도 없었다. 그러나 나는 아내의 말에 긍정도 부정도 하지 못했다. 아마 나를 위로하려고 그랬겠지만, 아내는 어렸을 때부터 사냥을 좋아하고 밖으로만 쏘다니다가 결국 제 갈 길을 찾아 떠난 에서와 집 안에서 가족들과 어울려 지내기를 좋아했던 야곱을 비교했다. 독립적인 사람은 사랑받는 것을 간섭으로 여길 가능성이 있지 않겠느냐고 아내는 말했다. 그렇게 말함으로써 그녀는 이 문제를 사랑을 받는 위치에 있는 사람의 성향으로 전환하려 했다. 나는 그 말을 듣는 것이 좀 괴로웠다. 그녀의 말을 인정하고 싶은 내 마음을 향해 혐오의 감정이 끓어올랐다. "에서에게 그런 성향이 있었다고 쳐. 그런데 그런 성향은 언제 생기는 걸까? 혹시 그가 독립적인 성향이 있는 사람이어서 사랑을 받지 않거나 사랑을 거부한 것이 아니라 사랑을 받지 못해서 독립적인 성향의 사람이 된 건 아닐까, 어쩔 수 없이? 그렇게 생각할 수도 있지 않을까?" 말을 하면서도 나는 내 말에 설득력이 없다는 걸 의식했다. 그건 아마, 적어도 「창세기」의 그 인물에 대해서는, 사실이 아닐 것이다. 하지만 나는 에서에 대해 말하는 것이 형에 대해 말하는 것과 거의 구별되지 않는 심리 상태에 들어가 있었고, 따라서 자학의 감정으로부터 자유로울 수 없었다. 내 감정을 눈치챘는지 아내는 입을 다물고 앞만 쳐다봤다.

형을 독립적인 사람이라고 할 수 있는지는 모르겠다. 하지만 상대적으로 자유롭고 주체적으로 살았다는 말은 할 수 있을 것 같다. 주변 사람들의 평가에 의하면, 나는 좀 답답할 정도로 규칙적이고 틀에 박힌 사람인 반면 형은 융통성이 있고 무엇에 얽매이는 것을 죽도록 싫어하는 사람이었다. 가령 나는 아무리 하기 싫어도 주어진 일은 하는 편이지만 형은 하기 싫은 일은 절대로 하지 않으려고 했다. 나는 막판까지 눈치 싸움을 해가며 지원한 학과가 내 적성에 맞지 않는다는 것을 한 학기가 지나기 전에 깨달았지만 어차피 들어간 대학이라 군말하지 않고 끝까지 공부했고, 심지어 좋은 성적으로 졸업했고, 공무원이 되었다. 형은 눈치싸움도 하지 않고 소신껏 선택했으면서 학과가 적성에 맞지 않는다며 학교를 두 번 옮겼고, 그러고도 졸업은 하지 않았다. 내가 행정공무원이 되어 여기저기 옮겨 다니며 호봉을 높여가는 동안 형은 연극과 문학에 빠져 젊은 시절을 다 보냈다. 몇 군데 직장을 다니긴 했지만 1년 이상 근무한 곳은, 내가 기억하는 한 없었다. 광고 회사와 대형 서점과 영화사와 커피 전문점과 이삿짐센터와 백화점 경비실을 옮겨 다니면서도 형은 늘 소설을 쓰고 싶어 했다. 실제로 여러 편의 소설을 썼고, 무슨 문학상 공모전에서 당선작 없는 가작으로 입상한 적도 있었지만 이 세상을 떠날 때까지 자기 책은 한 권도 갖지 못했다. 그렇지만 삶에 대한 의욕이 없거나 게으른 건 아니었다. 언제나 무엇인가를 열심히 했다. 특히 읽고 쓰는 데 열성적이었다. 기울인 수고에 맞는 성과가 나오지 않은 것을 누구 탓이라고 해야 할까. 애쓰지 않고 이룰 수 있는 것은 없지만 애쓴다고 해서 반드시 이루어지는 것도 아니라는 세상의 이치를 형이 몰랐을 것 같지 않다.

　나는 때때로 나와 다른 형의 그런 기질을 부러워했다. 나도 내가 하고 싶은 일만 하고 하기 싫은 일은 하지 않으며 살고 싶다는 생각을 가끔 했지만, 그 생각은 길게 이어지지 않았다. 내가 하고 싶은 일과 하기 싫은 일이 무엇인지 잘 떠오르지 않았기 때문이다. 막연하게 생각하면 하고 싶은 일도 있고 하기 싫은 일도 있었다. 있는 것 같았다. 그러나 정작 밖으로 끄집어내려고 하면 무언지 손에 잡히는 것이 없었다. 없는 것 같았다. 그것들이 겸연쩍어서 숨은 거라고 할 수 없으니 내가 귀찮아 한 거라고 해야 할 것이다. 하고 싶어 하거나 하기 싫어하지 않기 위해 필요한 적극성을 피한 거라고. 그렇다면 나야말로 태만한 사람이 아닌가. 삶에 대한 의욕도 사랑도 없는 사람이 아닌가. 그런 생각 때문에 나는 자주 열등감에 시달렸다. 면목 없다는 형의 말이 내 마음을 쪼그라들게 했던 이유 가운데 하나였다. 친척들이 간혹, 어려운 환경 속에서도, 편모슬하에서, 탈선하지 않고, 끈기와 성실로, 어쩌고 하며 나를 추켜세울 때, 특히 형이 곁에 있을 때는 더욱, 그들의 입을 틀어막거나 어딘가 구멍을 파고 내 몸을 숨기고 싶었다. 내 어쭙잖은 이른바 '출세'가 실은 삶에 대한 의욕과 사랑의 결여, 즉 태만의 결과이며, 따라서 전혀 칭찬받을 일이 아닌데도 칭찬을 늘어놓는 것은 형만이 아니라 삶을 망신 주는 것이고, 내 마음까지 할퀸다는 사실을 그들은 알지 못했다. 내가 이룬 알량한 성취라고 하는 것이 적극성의 결여로 인해 주어졌다는 것을 어떻게 이해해야 할까. "그들은 당신의 성실함을 칭찬하는 거야. 그것뿐이야. 그건 사실이잖아." 아내는 그런 말로 어쩔 줄 몰라 하는 나를 달래려 했다. 선뜻 동의되지 않는 찜찜함에도 불구하고 나는 사실이 아니라고 말하지 못했다. 나는 무엇을 동의할 수 없는지, 무엇이 찜찜하게 하는지, 무엇을 부정해야 하는지 정확하게 알지 못했다. 그럴수록 내 모든 생각과 감정의 자장 안에 늘 형이 있었다는 사실이 분명해졌다. 그가 나에게 어떤 일도 하지 않았음에도 불구하고 나는 언제나 어떤 식으로든 형을 의식하며 살았다.

"당신 말대로 자유롭고 독립적인 성향의 에서와 달리 야곱은 사랑이 필요한 사람이었을 수 있어. 누군가의 사랑이 없으면 아무것도 할 수 없는 사람이 있지. 그런 사람은 사랑을 받아야 살지. 사랑을 받아야 살 수 있는 사람을 사랑하지 않을 수는 없겠지. 사랑이란 게 그렇게 생기는 거겠지. 그러니까 리브가는 야곱을 사랑하지 않을 수 없었던 거겠지. 불가피했다고 해야 할까. 강요되었다고 해야 할까. 그러면 이 편애 사건의 실제 주체는 어머니가 아니라 아들이 되고 말아. 의식적이진 않지만 어머니의 사랑을 이끌어낸 아들로 인해 발생한 거니까. 사실이 그렇다면 야곱이 형에 대해 심리적 부담감을 느끼는 건 자연스러운 거겠지. 안 그래?" 야곱에 대해 한 내 말을 아내는, 당신은 말썽 부릴 줄 모르는 아들이었대, 하는 말을 슬그머니 끼워 넣음으로써 이번에도 나에 대한 말로 옮겨 왔다. "한곳에 눕혀놓으면 한나절 내내 그 자세 그대로 있었다고 하더라. 어찌나 순한지 칭얼거릴 줄도 몰랐다며? 아주버님과는 달랐대. 어머님이 그러시더라." 나도 여러 번 들은 이야기였다. 늘 심상하게 들었던 그 이야기가 그날따라 어쩌자고 다르게 들린 것일까. 나는 내 편을 들어주기로 작정한 아내를 믿고 더 구부러진 길로 나아갔다. "칭얼거리지 않은 이유가 혹시 칭얼거릴 틈 없이 보살펴졌기 때문이 아닐까? 그래서 까다로워질 이유가 없었던 것이 아닐까?" 내 안에 그런 말이 들어 있는 줄 몰랐기 때문에 나는 말해놓고 움찔했다. 당신도 참, 하고 아내는 입을 다물어버렸다. 아내가 내 편을 들어주는 걸 멈췄기 때문에 내 자학도 멈췄다. 묘한 실망감이 입안을 쓰게 했다.

우리는 집에 도착할 때까지 더는 아무 말도 하지 않았다.

아내는 차창 밖에 시선을 준 채 풍경을 바라보았고, 나는 정면을 응시한 채 운전만 했다. "되도록 빨리 어머님을 봬야 할 것 같아. 아무리 자기 관리를 잘하시는 분이라고 해도 연세가 있으시니…… 걱정이 되네." 주차장에서 엘리베이터를 기다리며 아내가 말했고, 나는 긍정도 부정도 하지 않은 채 명멸하는 숫자판만 바라보았다.

## 4

다음 날 저녁, 근무지인 N시로 가는 기차를 타기 위해 일주일 치 식량과 옷가지 들을 가방에 집어넣고 있는데 어머니가 전화를 걸어 왔다. 벨이 울린 건 아내의 휴대폰이었다. 아내는 화면에 뜬 번호를 확인하고, 어머님이다, 하고 화들짝 놀란 얼굴을 했다. 나는 가방 꾸리는 일을 계속하며 귀를 열어두었다. 그러지 않아도 내일 어머님을 뵈러 가려던 참이었어요, 하는 말 후에 한참 동안 아내의 목소리가 들리지 않아서 나는 고개를 들어 그녀를 보았다. 난처한 기색이 역력한 표정으로 그녀가 나를 보고 있었다. 그렇겠지요, 네, 그러니까요, 같은 군더더기 말을 되풀이하던 아내가 어느 순간 송화기를 손으로 가리고 내게 속삭였다. "또 돈 이

야기 하셔. 왜 꼭 나한테 말씀하시는지 몰라. 들어볼래?" 아
내가 내 앞으로 전화기를 내밀었고, 나는 엉겁결에 받아 들
었다. 그러자 어머니의 차분하고 또렷한 목소리가 귓속으
로 쏟아져 들어왔다. "늙은이가 어디 돈 쓸데가 있겠냐. 오
해하지 말고 들어라. 성식이는 대학 졸업하고 대학원도 다
니고 결혼도 하고 집도 샀다. 물론 너도 알다시피 그놈이 제
힘으로 다 했지. 장한 아들이다. 누가 그걸 모르겠냐. 그런데
성준이는 대학원은커녕 대학도 졸업 못 하고 결혼도 안 하
고 집도 없이 산다. 어렵게 산다. 딱해 죽겠다. 그런데도 나
한테 돈 달라는 소리 한번 안 했다. 딱 한 번 빼놓고는. 딱 한
번, 지방 어느 소도시에서 연극을 하고 지낼 때였는데, 카
펜가 뭔가를 하겠다고 도와달라고 했다. 그때 성식이 대학
원 등록금을 마련해야 할 때라 내가 좀 난처한 표시를 했다.
그땐 진짜로 여유가 없었다. 더 이상 손 벌릴 데도 없더라.
제풀에 기분이 언짢아져서 아마 좀 듣기 싫은 소리를 했던
것 같다. 나이가 몇인데, 언제까지 그러고 살래? 성식이 사
는 거 좀 봐라…… 세상에! 내가 미쳤지. 어떻게 그런 소리
를 했을까? 엄청 섭섭했을 텐데도 그 애가 그냥 해본 말이
라며 허허 웃고는 얼른 말을 돌리더라. 그러고는 다시 그 이
야기를 꺼내지 않았다. 나도 그날 이후 그 이야기를 하지 않
았고. 그런데 그 일이 왜 이렇게 마음에 걸리는지 모르겠다.

요새 부쩍 그 일이 자주 떠오른다. 성식이는 대학원도 보냈잖아요, 하는 그 애 목소리가 자꾸 들린다. 아니, 그 애가 그런 말을 할 리가 없지. 그런 말을 할 애가 아니다. 그런데도 그런 목소리가 자꾸 들리는 걸 어떻게 하냐. 이제라도 성준이한테 카페 차릴 돈을 좀 해주고 싶다. 그래서 그런다. 그래서 돈을 달라는 거지 내가 어디 다른 데 쓰려고 그러는 게 아니다. 그러니까 성식이한테 이야기를 잘 해서 너무 늦지 않게 돈을 좀 마련해서……" 내 바로 앞에서 눈을 동그랗게 뜨고 지켜보던 아내가 작은 소리로, 숨 좀 쉬어, 얼굴이 창백해, 하고는 전화기를 빼앗아 갔다. 나는 소파에 털썩 주저앉았다.

돈이 얼마나 필요한지 조심스럽게 형에게 물은 적이 있었다. 형이 빚 갚으라는 독촉 전화를 회피하던 날 저녁, 둘만 있는 자리에서였다. 형은 아주 재미있는 이야기를 들은 것처럼 크게 소리 내어 웃었다. 그렇게 크게 웃는 모습을 본 건 아마 그때가 유일했을 것이다. "왜? 네가 갚아주게?" 나는 웃지 않고 고개만 끄덕였다. 형은 말없이 나를 바라보더니, 어머니가 자기에 대해 무슨 말 하더냐고 물었다. 나는 고개를 저었다. "아까 전화, 빚 독촉이라고……" 형은 내 말을 막으며 자기 걱정은 하지 말라고 손을 내저었다. 이어서 자기는 누구에게든 걱정 끼치고 싶지 않다고 말했다. 어머니에게는 더욱 그렇다고 했다. 그러고는 특유의 쓸쓸하고 어색한 미소를 지으며 중얼거렸다. "이상하지. 늘 돈에 쪼들리면서도 왜 돈 버는 일에 시큰둥한 걸까." 나는 가만히 앉아 있다가 조심스럽게 계좌 번호를 물었다. 형은 한숨을 크게 내쉬고는 속에서 끌어 올리는 것 같은 목소리로, 내가 네 형이다, 하더니 밖으로 나가버렸다.

아내는 나의 당혹스러움을 이해했다. 나에게 어떤 설명을 요구하지 않은 것으로 보아 그녀 역시 나 못지않게 충격을 받은 모양이었다. "좀처럼 흐트러지지 않던 분이, 세상에! 어쩌면 좋아." 아내는 더 이상 자기 몰래 돈 쓸데가 어디 있었느냐고 내게 묻지 않았다. 어머니로 인해 생긴 오해가 어머니에 의해 자연스럽게 해소된 셈이었다. 그러나 전혀 고맙지 않았고 안도감도 찾아오지 않았다. 곧 쓰러질 것처럼 마음이 산만하고 어질어질했다. 나는 이를 악물었다. 혼자 계시면 안 될 것 같지 않아? 하는 아내의 물음이 나를 현실로 되돌려놓았다. 형의 갑작스러운 사고 후 나와 아내는 어머니를 서울로 모셔 오기로 합의했었다. 내 근무지가 서울일 때였다. 어머니 혼자 있는 시간이 위태로울 거라고 판단했었다. 그러나 오랜 세월 혼자 살아온 어머니는 아직 수족을 움직일 수 있고 살던 데서 사는 것이 편하다며 서울로 오는 것을 거절했다. "너희들이 무슨 생각 하는지 안다만, 공연한 걱정 하지 말아라. 속이 아무렇지 않다는 말이 아니라 속을 다스릴 줄 안다는 뜻이다. 살면서 관계 맺은 사람들 대부분이 여기에 있다. 거기 가면 말벗할 사람이나 있겠냐? 난 여기서 할 일이 많다. 저 파랑이, 넓적이, 쭉쭉이와 놀다 보면 하루가 금방 간다. 새벽에는 교회도 가야 한다. 나는 죽을 때까지 이 교회를 다니고 싶다. 나는 괜찮다. 나는 아무렇지 않다. 나는 끄떡없다." 어머니를 끄떡없게 한 것이 파랑이나 쭉쭉이나 하늘이 같은 식물만이 아니라 교회라는 것을 알고 있었으므로 우리는 어머니의 의견을 받아들였다. 그 대신 어머니가 다니는 교회의 목사님을 만나 전화번호를 교환하고 따로 부탁을 했다. 최소한 한 달에 한 번은 뵈러 가고 더 자주 전화한다는 원칙도 세웠다. 그리고 특별한 일이 없는 한 그 원칙을 지켰다. 어머니도 본인의 말대로 힘든 시간을 잘 이겨냈다.

잘 이겨내기에 끄떡없는 줄 알았다. 아무렇지 않은 줄 알았다. 어머니의 화초들과 종교가 어머니를 굳건히 지키고 있다고, 그러니 괜찮을 거라고 생각했다. 그렇게 생각한 것은, 이제 알겠다, 아들을 잃은 어머니의 상실감과 슬픔만을 고려했기 때문이다. 어머니의 화초와 종교가 상실감과 슬픔을 너끈히 이기게 할 거라고 믿었기 때문이다. 내가 느껴온 것처럼 어머니가 수시로 느껴왔을, 그렇지 않다면 언젠가 느끼게 될 깊은 회한과 죄책감에 대해서는 생각하지 못했다. 상실감과 슬픔은 시간과 함께 묽어지지만 회한과 죄책감은 시간과 함께 더 진해진다는 사실을, 상실감과 슬픔은 특정 사건에 대한 자각적 반응이지만 회한과 죄책감은 자신의 감정에 대한 무자각적 반응이어서 통제하기가 훨씬 까다롭다는 사실을 의식하지 못했다. 상실감과 슬픔은 회한과 죄책감에 의해 사라질 수도 있지만, 회한과 죄책감은 상실감과 슬픔에도 불구하고 사라지지 않는다는 사실을, 오히려 그것들에 의해 더 또렷해진다는 사실을 이해하지 못했다. 나는 사랑의 대상인 야곱이 져야 했을 마음의 짐에 대해서는 제법 깊이 생각하면서 그 사랑의 주체인 리브가가 져야 했을 마음의 짐에 대해서는 깊이 헤아리지 못했다는 사실을 인정하지 않을 수 없었다.

내일 당장, 혼자서라도 어머님을 뵈러 가서 같이 사는 문제를 상의해보겠다고 아내가 말했다. 그래야지, 그래야겠지, 하면서 나는 어머니에게 전화를 걸고 있었다. 무슨 이야기를 할지 확실하게 정하지 않은 상태에서 신호가 가고 어머니가 전화를 받았다. 어머니, 저예요, 하고 인사를 하는데, 이번에도 어머니가, 성준이냐? 하고 물어왔다. 어제 들었을 때는 인식하지 못했는데 무척 반가워하는 목소리였다. 성식이냐? 하고 물을 때의 목소리에도 똑같은 감정이 묻어 있었는지 기억나지 않았다. 어머니 목소리에 들어 있는 감정의 결을 헤아려본 적이 없었다. 그럴 필요를 느끼지 않았기 때문이었다. 나는 성준이 아니었으므로 어머니의 오해를 바로잡아주어야 했다. 어제처럼, 아니에요, 성식이예요, 하고 말하면, 어머니는, 내 정신 좀 봐라, 성준일 리가 없지, 그런데 어쩐 일이냐? 하고 받을 것이다. 그러면 잠깐이나마 안심할 것이다, 어제처럼. 그런데 문득 어제와 같이 말해도 될지 자신이 없어졌다. 어머니가 내 말에 어제처럼 반응해 올지 확신이 생기지 않았다. 자신의 실수를 곧장 알아차리고 바로잡으면 괜찮지만 그러지 않으면? 하는 질문이 생기자 뒷목이 뻐근해졌다. 어떤 두려움이 마음속을 휘저으며 요란한 감정의 소용돌이를 만들었다. 나는 잠깐 비틀거렸고, 그 짧은 순간에 내가 할 역할을 선택했다. 그 역할은 내가 결정한 것이 아니라 누군가로부터 부여받은 것 같았다. 배역을 위해 일부러 목소리를 바꿀 필요는 없었다. "네, 성준이예요. 별일 없지요? 교회도 여전히 잘 다니시고, 파랑이 쭉쭉이, 하늘이와도 잘 지내시고요? 찾아뵌다 하면서도 통 시간을 못 내네요. 요새 좀 바빠요. 새로운 연극을 맡았거든요. 그런데 어머니, 지난번에 내가 말한 거요. 조건이 괜찮은 카페가 싸게 나왔다는 거. 이제 그거 계약을 할까 하는데……"

전화를

받(지 않)았어야 했다

그 전화를 받지 않았어야 했다. 그러나 그것이 어떻게 가능했겠는가. 너의 이름으로 걸려 온 전화를 받지 않은 적이 없었다. 나는 번호가 아니라 이름을 보고 전화를 받는다. 이름이 없는 전화는 받지 않는다. 이름을 보고도 받지 않은 적이 있지만 너의 이름에 대해서는 그래본 적이 없다.

아마 나는 소파에 비스듬히 누워 텔레비전을 보다가 잠깐 졸았던 것 같다. 퇴근 후 옷도 갈아입지 않고 씻는 것도 미룬 채 텔레비전부터 켰다. 텔레비전을 보지는 않았다. 그냥 켜놓기만 했다. 요즘 자주 그랬다. 몸이 피곤하고 만사가 귀찮았다. 탁자 위에 놓인 휴대폰이 부르르 몸을 떠는 소리에 놀라 깨기 전에 나는 캄캄한 밤중에 무덤을 뚫고 웬 손이 쑥 올라오는 꿈을 꾸고 있었다. 그 손에 놀라 깬 게 먼저인지 모르겠다. 유리 탁자 위에서 요란하게 몸을 떠는 휴대폰을 무덤에서 나온 손으로 착각할 정도로 꿈속 장면이 선명했다. 휴대폰에는 이름 대신 모르는 번호가 떠 있었다. 나는 숫자만 있는 전화는 받지 않는다. 더구나 저녁 시간이 아닌가. 나는 무음 상태로 바꿀까 하다가 손을 뻗는 것이 귀찮아서 그냥 두었다. 무덤을 뚫고 쑥 올라오던 큰 손의 이미지가 워낙 강렬해서 꿈이 아니라 혹시 텔레비전에서 뭘 본 건가 생각하고 있는데 저 혼자 몸을 떨다 멈췄던 휴대폰이 다시 부르르 진동하며 내 시선을 끌어당겼다. 야릇한 꿈에서 완전히 빠져나오지 않아서인지 화면에 나타난 네 이름을 보고도 처음에는 이상하다는 생각을 하지 못했다. 상상하지 않은 일은 이상할 수도 없다. 부르르 떨고 있는 것이 휴대폰이 아니라 이름인 것 같다는 생각을 했고, 그 이름이 부르르 떨며 간절하게 부르고 있는 것 같다는 생각을 이어서 했다. 받아야 하는데, 하는 생각도 어렴풋이 했던 것 같다. 그러다가 정신을 차리고 벌떡 몸을 일으켜 앉았다. 상상하지 않은 일이 이상해지는 데는 시간이 걸린다. 잠과 꿈이 한꺼번에 달아났다. '거기' 있는 네 이름은 거기 있을 수 없는 이름이었다. 떨고 있는 것이 네 이름이라는 걸 확인했기 때문에 받아야 했지만 네 이름이 거기서 떨고 있을 수 없었으므로 받을 수 없었다.

온몸이 빳빳하게 경직되는 것 같았고 좁은 방이 갑자기 무거운 공기로 가득 차는 것 같았고 정적에 휩싸이는 것 같았다. 텔레비전은 왜 덩달아 긴장을 하고 소리를 줄였을까. 나는 입안에 고인 침이 내 목구멍을 타고 넘어가며 내는 소리를 천둥처럼 들었다. 어서 집어 들라고 재촉하는 휴대폰을 향해 뻗은 내 느린 손이 허공에서 몇 번 허우적거렸다. 천장에 눈이 있다면 내 손의 움직임은 휴대폰을 잡으려는 것이 아니라 잡지 않으려는 것처럼 보였을 것이다. 감당하려는 것이 아니라 회피하려는 것처럼 보였을 것이다. 회피할 수 없어 마지못해 감당을 받아들인 것처럼 보였을 것이다. 그 와중에 그런 생각이 들었다는 건 좀 터무니없지만, 위에서 내려다보는 어떤 눈길로 인해 정수리가 근질근질해진 것은 사실이었다. 천장을 쳐다보지 않은 것은 고개를 들어 올릴 엄두가 나지 않아서였다. 거기서 어떤 눈을, 가령 너의 눈을 마주한다고 생각해보라. 부릅뜨고 있거나 게슴츠레 뜨고 있거나 혹은 표정도 초점도 없이 그저 보고만 있거나, 무엇이 다를까. 나에게 자유가 있을까. 내 몸을 내 마음대로 할 수 있는 상태가 아니라는 생각은 누가 주입한 것일까. 내 손이 휴대폰을 잡은 것이 아니라 휴대폰이 내 손을 잡은 것 같다고 나는 느꼈다. 너는 재촉하는 것 같지 않았다. 그러나 나는 무엇에 쫓기는 사람 같았다. 네 이름이 내 입에 올려졌다.

"형배?" 내 입을 내 마음대로 할 수 있는 상태가 아니라는 생각은 누가 주입한 것일까. 내 목소리는 약간 떨렸고, 지나치게 조심스러웠고, 어딘가 겁먹은 것처럼 들렸다. 그렇게 들은 것은 천장의 어떤 귀였다. 천장의 어떤 귀를 통해 나는 들었다. 형배? 내 입에서 나온 이름이 나를 놀라게 했다. 내 입이 그 이름을 발음했다는 사실이 나를 놀라게 했다.

네 이름은 내게 전화를 걸어 올 수 없다. 이 세상에 없는 사람의 이름이기 때문이다. 그런데도 나는 마치 네가 전화를 걸어 오는 것이 가능한 것처럼, 형배? 하고 불렀다. 찬 기운이 등뼈를 타고 내려갔다. 정적에 싸인 공간에 흩뿌려지던 서늘한 기운이 낯설지 않아서 나는 놀랐다. 그럴 리 없는데, 그러면 안 되는데, 너의 이름을 발음한 순간 소리가 형태로 바뀌는 것 같았다. 네가 눈앞에 나타날 것 같아서 나는 눈을 질끈 감았다. 그럴 리 없는데, 그러면 안 되는데, 잠깐만요, 하는 목소리가 귓속을 파고들었다. 젊은 여자의 목소리라는 걸 그 순간 바로 의식하지는 못했다. 네 이름으로 걸려 온 전화는 너의 목소리를 내야 하기 때문이다. 아니, 그 때문만은 아니었다. 잠깐만요, 끊지 말고 들어보세요,에 이어지는 목소리가 의심할 여지 없이 너의 것이었으므로 나는 내가 조금 전에 여자의 목소리를 들었다는 걸 의심하지 않을 수 없었다. 준호 형, 하는 목소리는 분명히 너의 것이었기 때문이다. 평소보다 낮고 흐릿했지만 너의 목소리라는 걸 의심할 수 없었다. 혼란스러웠다. 나는 무얼 들은 것일까.

사실을 말하면 나는 목소리를 구별할 여유가 없었다. 네가 전화를 걸어 올 리 없다는 생각과 네 이름으로 전화가 걸려왔으니 통화를 해야 한다는 생각이 뒤섞여 갈피를 잡을 수 없었다고 할까. 나는 혼돈의 덩어리였다. 내 생각을 내 마음대로 할 수 있는 상태가 아니라는 생각은 누가 주입한 것일까. 나는 다시 약간 떨리고 지나치게 조심스럽고 어딘가 겁먹은 목소리로 형배? 하고 발음했다. 내 목소리는 달아나려는 것 같았고, 달아나다 붙잡힌 것 같았다. 달아나다 붙잡힌 적이 있다. 그때 혀는 입천장에 달라붙어 말이 밖으로 빠져나오려는 것을 막았다. 자모음이 엉켜 알아들을 수 없는 소리가 나오다 말았다. 입안에 있던 말과 입 밖으로 나온 말이 같은 말이 아니었다. 그때 그랬던 것처럼, 내 입안에 있던 '형배'가 입 밖으로 나올 때 어떤 소리로 바뀌었는지 나는 모른다.

준호 형, 다음에 한동안 아무 소리도 건너오지 않았다. 그 침묵은 휴대폰 건너편에 네가 있다는 사실을 역설적으로 증언하는 큰 목소리와 같았다. 너의 목소리가 건너와도 놀라고 다른 목소리가 건너와도 놀랄 것이다. 침묵은 길어졌고, 나는 그 시간이 한없이 길게 늘어나는 것처럼 느꼈고, 그것은 벌을 받는 것과 같았고, 그래서 나는 다시, 형배? 하고 끝을 올려 발음했다. 내 입을 통해 발음된 너의 이름을 내 귀가 다시 들었다. 나는 부지불식간에 진실을 말해버린 피의자처럼 당황했다. 어어, 거기, 혹시, 하고 뒷걸음치는 것 같은 목소리를 이어 붙였지만 나는 뒷걸음칠 수 없다는 것을 예감하고 있었다. 너를, 너의 침묵을 감당하지 않을 도리가 없다는 것을.

감당하지 않으려면 전화를 받지 않았어야 했다. 그렇지만 네 이름을 보고 말았으므로 그것은 불가능했다. 이름이 화면에 뜨지 않게 하려면 전화번호를 주소록에서 지웠어야 했다. 지웠어야 했을까? 나는 많은 전화번호를 입력하고 지웠다. 받아야 할 전화번호는 입력했고, 받고 싶지 않거나 받을 필요가 없어진 전화번호는 지웠다. 그러나 전화를 걸어 올 수 없는 사람이 전화를 걸어 올 거라고 가정하고 어떤 조치를 하는 것은 필요한 일이 아니었다. '할 수 없는' 이가 '한다'는 것은 불가능한 가정이기 때문이다. 불가능한 것을 가정하는 사람은 있지만 그에 대해 조치를 취하기까지 하는 사람은 없다. 아니, 그 이유만은 아니었다. 주소록에서 너의 전화번호를 지우는 것은 너의 존재를 지우는 일처럼 여겨져서 그러지 못했다. 주소록은 거처, 말하자면 사람들이 모여 있는 공간. 이름을 입력하면 거처가 등록된다. 그는 그곳에 있다. 이름을 지우는 것은 그 사람의 등록을 말소하는 것. 나는 너의 존재를 부정하고 너를 정말로 사라지게 하는 일처럼 여겨져서 차마 이름을 지우지 못했다. 그것은 이미 사라진 너를 더 사라지게 하는 것이라는 생각을 했는데, 그 생각은 전혀 논리적이지 않다. 사라지는 것은 현상이든 사물이든 감정이든, 있던 것이 없어지는 상태를 이른다. '없어지다'는 완결된 상태이다. 없어진 것은 더 없어질 수 없다. 사라진 것은 더 사라질 수 없다. 사라진 데 보태어, 그 이상으로 사라지거나 사라지게 하는 것은 불가능하다. 여러 번의 사라짐이라면 몰라도, 하나의 사라짐이 더 심해지는 상태를 상상하는 것은 가능하지 않다. 그런데도 나는 너를 더 사라지게 해서는 안 된다는 생각에 사로잡혔다. '다시', 혹은 '또' 사라지게 하면 안 된다는 문장은 오히려 정확하지 않다고 여겼다. 너의 사라짐에 대해 내가 느끼는 마음의 상태가 그러하였다. 말하자면 내가 느끼는 감정은 횟수가 아니라 정도와 관련된 것이었다. 너의 외적 상태가 아니라 나의 내적 심기와 관련된 것이었다. 너의 이름을 지우는 것이 너를 '다시' 혹은 '또' 사라지게 하는 것이 아니라 '더' 사라지게 하는 일이라고 느꼈다는 것은, 그렇다, 너의 사라짐에 내가 어떤 역할을 했다고 고백하는 것과 같다. 사라지게 한 사람(만)이 더 사라지게 할 수 있다,라고 나는 생각했다. 그 사람만이 더 사라지게 할 수 있는 사람이라고 지목될 수 있다,라고 나는 생각했다. 나는 그런 일을 더 하고 싶지 않았다. 내 휴대폰의 주소록에서 너의 이름이 지워지지 않고 남아 있는 이유이다. 남겨놓는다고 해서 감수해야 할 위험이 있는 것도 아니었다. 왜냐하면 네가 내게 전화를 거는 일은 일어날 수 없으니까. 주소록에 이름이 있든 없든 그것은 불가능하니까. 그런데 일어날 수 없는 일이 일어난 것이다. 네가 불가능을 뚫고 나를 찾아온 것이다.

너의 이름으로 걸려온 전화를 받지 않은 적이 없다고 말했지만, 그것은 사실이 아니다. 나는 딱 한 번 전화를 받지 않은 적이 있다. 화면에 떠 있는 네 이름을 보면서도, 네가 나를 찾고 있다는 걸 알면서도 받지 않았다. 그때도 그 이름이 탁자 위에서 부르르 떨었을까? 아마 그랬을 것이다. 진동은 아주 오래 지속되었다. 나는 손바닥 위에 올려놓고 진동이 멈출 때까지 휴대폰을 들여다보았다. 조금 더 울렸다면 전화를 받았을까? 모르겠다. 한 번 더 전화가 걸려왔다면 받았을까? 모르겠다. 다시 걸려올지 모른다고 생각하며 탁자 위의 휴대폰을 노려보았던 것은 기억난다. 기다렸다고 할 수는 없을 것이다. 그렇다면 기다리지 않으면서 왜 휴대폰에 신경을 쓰고 있었을까. '전화가 걸려오지 않기를 기다렸다'는 문장이 옳은 문장일까. 행여 전화가 걸려올까 봐 마음 졸이면서 휴대폰에서 눈을 떼지 못했다는 것은 진실일까. 왜 무슨 일이 일어나기를 바랄 때와 무슨 일이 일어나지 않기를 바랄 때의 마음 상태와 태도는 다르지 않을까. 제발, 하고 비는 마음, 그것이 어떻게 같을까.

나는 그 전화를 받지 않은 걸 아무에게도 말하지 않았다. 굳이 말해야 하는 건 아니었지만 말하지 않은 것이 떳떳한 것도 아니었다. 떳떳한 것을 말하지 않았다면 떳떳했을 것이다. 떳떳하지 않은 것을 말하지 않았기 때문에 나는 떳떳할 수 없었다. 떳떳한 것은 말하지 않아도 떳떳하지만 떳떳하지 않은 것은 말할 때만 떳떳해진다. 그러니까 그 전화를 받았어야 했다. 그날 이후 수없이 되뇌었던 문장이다. 나는 그 전화를 받지 않았다. 내가 떳떳하지 않은 이유다. 그렇지만 내가 어떻게 그 전화를 받을 수 있었을까. 나는 묻는다. 너는 그날 나에게 어떻게 전화를 걸 수 있었는가. 너는 나에게 전화를 겲으로써 나를 떳떳하지 않은 사람으로 만들었다. 아니, 전화를 건 후에 너는 왜 그런 선택을 했는가. 나는 묻는다. 내가 전화를 받지 않았기 때문인가. 내가 전화를 받았다면 너는 다른 선택을 했을까. 내가 전화를 받았다고 하더라도 너의 선택은 달라질 수 없었던 것이 아닐까. 내가 전화를 받았든 받지 않았든 너의 선택에는 변함이 없었을 거라고, 왜냐하면 그건 미리 정해져 있었을 테니까,라고 생각하면 마음이 좀 홀가분해질 것 같은데, 그래서 그쪽으로 생각을 밀어붙여보는데, 홀가분해지기는커녕 오히려 모멸감 같은 것이 스멀거린다.

천장의 눈과 귀는 언제부터 나를 감시했을까. 천장의 눈과 귀는 어떻게 전지전능의 권위를 획득했을까. 나는 무서워서 눈을 들지 못한다. 그때 나는 전화를 받았어야 했다. 왜냐하면 너의 이름이 내 전화기 화면에 떠올라 있었으니까. 너의 이름으로 걸려 온 전화를 받지 않은 적이 없었으니까. 너의 이름이 내 이름을 부르고 있었으니까. 내 이름을 부르는 너의 이름을 모른 체하면 안 되는 것이었으니까.

형이라고 부르니까 든든하고 뭉클합니다. 형. 형. 형. 너는 형이라는 단어를 암기하려는 듯 반복해서 발음했다. 사내 헬스장에서 운동을 마친 후 가졌던 '거기'에서의 어느 가을 저녁 술자리를 기억한다. 그 말을 할 때의 너의 표정을 기억한다. 약간의 장난기와 천진난만함. 나는 네 모습이 귀엽다고 느꼈다. 그리고 곧 마흔이 다 되어가는 성인 남자를 귀엽게 보기가 매우 어렵다는 생각을 했다. 본 사람이 잘못 본 게 아니라면 그렇게 본 것은 그렇게 보여주었기 때문이다. 보여주지 않는 것을 볼 능력이 내게는 없다. 나는 네가 보여준 것을 보았다. 상대에 대한 완전한 무장해제 없이는 그런 모습을 보여줄 수 없다. 너는 아버지가 일찍 돌아가셨고 형도 없다고 말했다. 든든한 품을 경험해보지 못했고, 보호자 없이 혼자 헤쳐 나가야 해서 세상이 늘 버거웠고, 그래서 긴장을 풀지 못한 채 살았다고 말했다. 천방지축이고 사람들과 잘 어울리지 못하는 이유가 그 때문이라고 말했다. 그렇게 말함으로써 너는 긴장이 풀린 상태, 무장해제 상태임을 선언했다. 그렇게 말함으로써 너는 나를 든든한 품을 가진 보호자로 규정했다. 그것은 든든한 품을 가진 보호자가 되라는 요구와 같았다. 나는 그 요구가 왜 부담스럽지 않았을까. 부담스러운 요구는 언제 어떻게 부담스럽지 않은 요구가 되는 걸까. 나는 호탕하게 웃었고, 그것은 평소의 나와 전혀 다른 모습이었고, 너의 활발함에 대한 거의 반사적인 반응이었다고 할 수 있지만 나는 그걸 의식하지 못했고, 너 역시 아마 의식하지 못했을 것이다.

네가 든든한 품을 가진 보호자를 가져본 적이 없었다면 나는 든든한 품을 가진 보호자가 되기를 원한 적이 없었다. 나는 거의 타인의 선택이나 처신에 간섭하지 않는 편인데, 나에게 그럴 자질이나 자격이 있다고 생각하지 않기 때문이다. 누군가의 삶에 영향을 끼칠 만한 위인이라는 생각을 하지 않는 사람은 누군가의 삶에 영향을 끼칠 만한 일을 꺼린다. 그런 일을 하게 될까 봐, 그런 일을 하지 않을 수 없는 상황이 생길까 봐 우려하기도 한다. 타인의 눈에 그런 사람은 무기력하거나 무신경한 사람으로 비친다. 어떤 사람은 이기적인 인간이라고 평가한다. 그런 사람이 누군가에게 든든한 품이 되어줄 마음을 먹을 리 없다. 그런 종류의 인간인 내가 든든한 품이 되라는 너의 무언의 요구를 수용한 사실을 어떻게 이해해야 할까. 네가 보여준 무장해제와 천진난만함 말고는 설명할 길이 없다. 근무 환경과 직속 상관에 대한 너의 거침없는 투덜거림을 나는 순진함으로 이해했다. 나중에 네가 알려줬을 때까지 네가 사무실의 동료들로부터 따돌림을 당하고 있다는 사실을 몰랐으므로 당연히 그런 너의 성격이 비호감을 불러일으킬 수 있다는 생각을 할 수 없었다. 네가 근무하는 영업부의 사무실은 5층에 있었고 내가 근무하는 전산실은 4층에 있었다. 이용하는 사람이 거의 없는 헬스장에서 너를 만나지 않았다면 좋았을 텐데. 거기서 네가 덤벨을 이용해서 복근을 만드는 방법에 대한 조언을 해주지 않았다면 우리는 가까워지지 않았을 것이고, 그랬다면 그런 일이 일어나지 않았을 텐데. 그러나 그런 가정은 무의미하고 쓸모없다. 더구나 그것은 너의 존재를 부정하는 일이기도 해서 괴로움을 더할 뿐이다.

그날 너는 나를 형이라 부르겠다고 했고, 나는 그러라고 했다. '거기'에서 둘 다 술을 꽤 마셨으니 아마 감정이 좀 과잉되어 있었을 것이다. 그래서 평소라면 굳이 하지 않을 행동까지 했을 것이다. 너는 네 휴대폰의 주소록을 열어 '임한수 과장'을 '한수 형'으로 바꾸고 내 휴대폰을 달라고 해서 네 번호를 적고 이름을 '형배 아우'라고 입력했다. 그 장면이 흐릿한 영상처럼 떠오른다. 영상은 흐릿한데 장면은 선명하다. 너는, 형, 형, 형, 하고 되풀이해 부르며 연신 웃었고, 그것은 마치 처음 배운 낯선 말을 잊어버리지 않으려고 반복하는 아이처럼 보였고, 무기력하고 무신경하고 이기적인 인간인 나는 갑자기 무기력하지도 무신경하지도 이기적이지도 않은 사람이 된 것처럼 느꼈다. 그 느낌이 싫지 않아서 나는 더욱 다른 사람처럼 되었을 것이다. 예컨대 더 호탕하게 웃었을 것이다. 물론 취기가 큰 몫을 했다는 건 부정할 수 없다. 다음 날 회사 복도에서 너를 만났을 때 전날 저녁을 도려낸 듯 데면데면하게 대한 것이 그 증거이다. 그렇다고 전날 저녁 일이 도려내진 것은 아니었다. 헬스장으로 가면서 네가 그날도 운동을 하러 올 거라고 은근히 기대했고, 주말이 지난 후 운동을 마친 네가 '거기' 가서 한 잔만 하자고 제안해왔을 때 반갑게 호응했다.

그날 이후 너에게서 전화가 걸려올 때마다 내 휴대폰 화면에는 '형배 아우'가 떴고, 너에게 전화를 걸려고 할 때마다 나는 내 휴대폰 주소록에서 '형배 아우'를 찾았다. 그것은 부정할 수 없는 물증이 되어 그 시간의 너와 나를 증명했고, 든든한 품과 무장해제를 떠오르게 했고, 호감과 신뢰의 감정을 이끌어냈다. 네 이름은 내 입가에 미소를 만들었다. 겉으로 드러내지는 않았지만 나를 따르는 누군가가 있다는 게 좋았다. 그런 적이 없었다. 물론 그런 걸 바라지 않긴 했다. 나는 누구를 따르지도 않지만 누군가 나를 따르기를 바라지도 않는다. 누구를 따르는 건 내키지 않고 누군가 나를 따르면 거북하다. 그렇지만 그런 사람이 되려는 의지가 있어서 그런 사람이 된 것은 아니다. 나는 내 의지가 어떤 결과를 만들어낼 거라는 믿음을 가진 사람이 아니다. 나를 따르는 사람이 생겨서 흐뭇해하는(물론 겉으로 표를 내지 않으려고 애를 쓰긴 했지만) 나를 발견하고 나는 좀 놀랐다. 나는 내가 원해서 그런 사람이 된 것이 아니라 그런 사람이 아닌 다른 사람이 될 자신이 없었을 뿐이지 않은가. 원하기를 원하지 않기로 한 것이 아닌가. 그렇다면 이 능동은 실은 수동의 가면이 아닌가. 나는 그 가면을 보게 해준 너에게 고마움을 느끼기까지 했다. '형배 아우'가 나를 고무했다는 사실을 숨길 이유가 없다. 아우라니! 휴대폰이 울릴 때 화면에 뜬 '형배 아우'를 한참 바라보느라 전화를 늦게 받은 적도 있었다.

그러니까 그날 내가 받지 않은 전화는 엄밀히 말해 '형배'의 전화가 아니라 '형배 아우'의 전화였다. 그 전화를 어떻게 받지 않을 수 있었을까. 나는 너의 목소리를 듣는다. 나를 통해 말하는 너의 목소리가 비난이 아니라 궁금하다는 투여서 나는 의아하다. 나무라지 않고 물어보니 나는 무슨 말을 해야 할지 모르겠다. 비난은 감당할 수 있고 감당하는 게 마땅할 것 같은데, 질문은 감당할 수 없고 감당하는 게 마땅하지 않은 것 같다. 너는 정말로 그것이 궁금한 걸까. 왜 그걸 궁금해하는 걸까.

거래처에 갑질을 한 직원이 있다는 풍문이 회사 내에 떠돌았을 때 그 사람이 너일 거라고 생각하지 않았다. 이니셜이 나돌았지만 'K 씨'가 가리키는 사람은 너무 많았다. 거래처로부터 돈을 받고 회식 자리에서 여직원을 성추행까지 했다는 식으로 구체화되었을 때, 소문은 사건이 되었다. 그리고 그 사안의 심각성을 공유해야 한다며 누군가 사내 대화방에 올린 글에서 나는 그 문제의 직원으로 네가 지명되어 있는 것을 보았다. 영업2부 고형배 대리. 내가 너를 상대로 열리는 징계위원회의 위원이 되어 있다는 걸, 그러니까 그때, 네가 내게 전화를 걸었을때 너는 알고 있었을까.

나는 징계위원회에 참석해달라는 통보를 받을 때까지 우리 회사에 그런 위원회가 있는 줄 몰랐고, 누가 징계위원인지도 몰랐다. 당연히 나는 내가 왜 그 회의에 참석해야 하느냐고 물었다. 징계위원이기 때문이라는 총무부장의 대답을 이해할 수 없었기 때문에 나는 내가 왜 징계위원이라는 거냐고 묻지 않을 수 없었다. 징계위원회는 징계 사안이 있을 때 구성되는데, 꼭 그래야 하는 건 아니지만 공정한 판단을 위해 징계 대상자의 입장에서 변호할 수 있는 사람을 1인 이상 포함시키고 있다는 설명을 들었다. 우리 회사가 그만큼 공정하다는 총무부장의 말은 흘려들었다. 징계 대상자의 입장에서 변호할 수 있는 사람이 왜 하필 나여야 했을까. 왜 내가 그 사람이어야 했을까. 마땅히 징계 대상자와 같은 부서의 직원 가운데 한 명이 나서야 하지 않느냐는 내 물음은 총무부장의 비웃음을 샀다. 그는, 누구 추천할 사람 있어요? 하고 반문했다. 내가 대답을 하지 않자 그는, 임 과장은 추천을 받았어요, 하고 답했다. 누가 나를 왜? 하는 의문이 뾰족하게 솟았지만 나는 뾰족함이 나를 찌를 것 같아 곧 그 의문을 거둬들였다. 그 대신 나는 다른 사람의 삶에 끼어드는 걸 꺼리는 평소의 내 성격이 선정의 이유일지 모른다는 생각을 했다. 그 생각은 객관성의 조건이 거리라는 사실에 근거하고 있었다. 다른 사람의 삶에 끼어드는 걸 꺼린다는 평가는 아마 가장 호의적인 표현일 것이다. 소극적, 이기적, 겁 많은, 심약한, 소신 없는 같은 호의적이지 않은 수식

어들을 떠올리지 않으려고 나는 안간힘을 썼다. 그들이 기대하는 것이 공정한 판단을 위한 입장 대변이 아니라 침묵과 동의일지 모른다는 생각이 들자 마음속에 소용돌이가 일었다. 거친 호흡을 가다듬는 나를 총무부장은 야릇한 눈빛으로 쳐다보았다. 내가 거부할 수 없다는 사실을 알고 있는 사람의 눈빛이었다. 거절한다면 나는 너를 부정하는 사람이 될 것이다. 무자비하거나 비겁한 사람이라는 비난을 받게 될 것이다. 너를 따르는 '아우'를 변호하는 자리에 서지 않겠다고? 하고 따질 것이다. 아니, 그 질문은 이미 받고 있었다. 내 속에서 만들어진 그 질문은 총무부장의 눈빛을 통해 내게 돌아왔다. 네 속을 다 안다는 듯한 그런 눈빛을 숱하게 받으며 살아왔지만 한 번도 만만한 적이 없었고, 이번에는 더욱 그랬다. "우리는 최대한 공정하게 하려고 합니다." 총무부장은 웃지 않고 말했다. 그리고 소회의실로 가서 기다리라고 했다.

'대외비'라는 붉은 표시가 선명한 파일이 제공되었다. 총무부장은 그 파일을 그 자리에서 읽게 했다. '공정을 위해' 나는 50장 분량의 그 문서를 소회의실 한쪽에서 두 시간 동안 읽어야 했다. 두 시간 동안 읽으세요, 하고 그는 말했다. 소회의실의 무겁고 건조한 공기가 그의 말을 거부할 수 없는 지시로 받아들이게 했다. 목이 간질간질했다. 나는 나오려는 기침을 참기 위해 억지로 침을 삼켰다. 나는 그의 지시가 두 시간만 읽으라는 뜻인지 최소한 두 시간은 읽으라는 뜻인지 분간하기 어려웠다. 꼼꼼히 읽으라는 뜻인지 적당히 읽으라는 뜻인지 파악하기가 어려웠다. 머릿속이 혼란스러웠는데, 나는 그것을 무겁고 건조한 소회의실의 공기 탓이라고 생각했다. 그는 햇빛이 엇비쳐 들어오는 창문에 블라인드를 내리고 방을 나갔다. 그러자 실내 공기는 더 무겁고 건조해졌다. 나는 두 시간 동안 소회의실에 있었다. 내 앞에는 표지에 '대외비' 표시가 있는 문서가 놓여 있었다. '대외비'라는 붉은 글씨가 나를 노려보고 있다고 느꼈다. 나는 페이지를 넘기지 못했다. 나는 읽을 수 없다고 생각했다, 생각했던 것 같다. 읽어도 이해하지 못할 거라고 생각했다, 생각했던 것 같다. 그 순간 나는 글자를 깨우치지 못한 사람과 같았다. 문맹, 혹은 난독이 내 상태, 아니, 내가 원하는 상태였다고 나는 지금 회상한다. 나는 그 문서를 읽지 않은 것이 아니라 읽지 못한 것이다,라고 나는 회상한다.

너의 전화는 그 속으로 침투해 들어왔다. 그 무겁고 건조하고 혼란스러운 상황 속으로. 과거는 구부러져서 현재에 도착한다. 구부러진 과거는 펴지지 않는다. 펴기 위한 수고를 할 수 있지만, 그것은 현재가 수행하는 작업이어서 과거 그대로 돌려지지 않는다. 모든 회상은 현재에 의해, 현재를 위해 퍼진 것, 현재가 개입된 것이다. 칭찬이든 비난이든 어떤 동기로든 누군가에 대해 하는 말은 모두 중상이라고 어떤 랍비는 말했다. 선의든 악의든 어떤 동기로든 과거에 대해 하는 일은 모두 훼손이다. 나는 그때 그 소회의실에서 내가 했던 일을 펼 수 있지만, 그것은 현재가 펴는 것이므로 그때 그 소회의실을 그대로 나타나게 할 수는 없다. 어떤 현재도 과거를 위하지 않는다. 그때 그 소회의실의 무겁고 건조한 공기 속으로 너의 이름이 문득 침투해 들어왔다. 탁자 위에 놓인 내 휴대폰 화면에서 너의 이름이 으르렁거렸던 것을 기억한다. 온몸이 굳어서 손을 뻗을 수 없었던 것을 기억한다. 너의 이름이 부릅뜨고 노려보는 것 같아서 눈을 감았던 것을 기억한다. 누군가 벌컥 문을 열고 들어와 내 휴대폰에서 으르렁거리는 네 이름을 보게 될까 봐 조마조마했던 것을 기억한다. 으르렁거리는 소리가 유난히 증폭되어 소회의실의 집기들을 잡아먹을 것 같다고, 그러면 안 된다고 느꼈던 것을 기억한다. 나는 공정한 판단을 위해 선택된 사람이고, 그러니까 누군가, 가령 총무부장이 이 큰 소리를 듣고 들어와 네 이름을 본다면, 네가 내게 전화를 걸어 온 사실을 알게 된다면 그건 매우 심각한 일이라고 마음 졸였던 것을 기억한다. 그러니까 너와 통화하는 것을 들키면 안 된다고, 그것은 우리 두 사람에게 위험하다고, 특히 너에게,

다음 날 징계위원회에 출석해야 하는 너에게 해가 될 거라고 생각했던 것을 기억한다. 그랬다. 무겁고 건조한 공기에 목이 졸려 숨을 쉬기 어려울 정도로 긴장해 있는 모습을 누구에게도 들키면 안 된다고 생각했다.

다행이라고 해야 할까. 두려움은 스스로 빠져나갈 길을 만들었다. 징계위원회 위원 가운데 한 명인 나에게 징계 대상인 네가 하루 전날 연락을 취한 것은 명백하게 옳지 않다는 생각을 누가 주입했을까. 네가 위험한 일을 하고 있는 것이 아니라 공정하지 않은 일을 하고 있다는 생각을 받아들이자 두려움은 언짢음으로 바뀌었다. 너의 이름이 부르르 떠는 것이 아니라 으르렁거리며 위협하는 것이 부당하게 여겨졌다. 부르르가 아니라 으르렁이라니…… 그건 경우가 아니라는 생각을 붙드는 데 나는 성공했다. 그러면 안 되지, 하고 나는 속으로 말했다. 그러자 부르르 떨든 으르렁 울어대든 내버려두는 것이 가능해졌다. 마침내 휴대폰이 조용해졌을 때 나는 가만히, 마치 속삭이듯, 으르렁거리다니, 옳지 않아, 하고 중얼거렸다.


전화를 받지 않았어야 했다. 그때 받지 않은 것처럼 이번에도 받지 않았어야 했다. 그때 받지 않는 것이 쉽지 않았던 것처럼 이번에도 받지 않는 건 쉽지 않았다. 네 이름이 내 휴대폰 화면에 떴기 때문이다. 그건 너의 얼굴이 눈앞에 나타난 것이나 마찬가지였기 때문이다. 눈앞에 나타난 네 얼굴을 외면하는 것이 어떻게 쉽겠는가. 그렇지만 그때 그 소회의실에서 나는 그 쉽지 않은 일을 하는 데 성공했다. 이번에도 그랬어야 했다. 이번에도 그때처럼 전화를 받지 않았어야 했다. 어쩌면 이번에는 받지 않는 일이 더 쉬웠다. 왜냐하면 너는 나에게 전화를 걸어올 수 없는 사람이니까. 전화를 걸어올 수 없는 너의 이름으로 걸려 온 전화가 너에게서 걸려 온 전화일 리 없다고 생각하는 게 무리가 없으니까. 너에게서 걸려 온 전화일 리 없는 전화는 받지 않아도 되니까. 그렇지만 그것은 또한 전화를 받지 않기가 어려운 이유이기도 했다. 쉬운 이유가 어려운 이유이기도 했다. 전화를 걸어 올 수 없는 사람인 너의 이름으로 걸려 왔으니까. 전화를 걸어 올 수 없는 사람이 전화를 걸어 온 이해할 수 없는 일이 일어났으니까. 이해할 수 없는 일은 이상한 일, 무서운 일이니까, 그런 일이 일어나면 가만히 있을 수 없으니까, 무시할 수 없으니까. 실제로 무덤을 뚫고 손이 쑥 올라오는 영상이 아주 빠르게 눈앞을 스쳐 지나간 것 같기도 했다. 섬뜩한 기운이 등골을 타고 흘렀던 것도 사실이다. 나는 이상한 일, 놀라운 일, 무서운 일에 부닥친 사람이 자기가 무슨 일을 하는지 의식하지 못한 채 하게 되는, 할 수밖에 없는 일을 하고 만 것이다. 하기에 이른 것이다. 물론 망설임과 머뭇거림이 있었다. 그렇지만 망설임과 머뭇거림은 의식의 소산이 아니다. 속수무책이 심사숙고로 위장된다. 책략은 어디에나 존재한다. 사람들은 기어이 할 일을 마지못해 하는 것 같은 위장을 거쳐 마침내 한다. 마침내 해낸 모든 일에는 하지 않을 수 있었다는 가능성, 또는 하지 않으려 했다는 변명이 내장되어 있다.

마침내 휴대폰을 집어 들고 나는 너의 이름을 발음했다. 형배? 내 목소리는 달아나려는 것 같았고 달아나다 붙잡힌 것 같았다. 오래전에 달아나다가 붙잡힌 적이 있다. 아이들이 달아났고 나도 달아났다. 아이들의 뒤를 따라 나도 뛰었다. 그런데 왜 달아났는지는 기억나지 않는다. 붙잡히지 않으려고 달음질한 것은 생각나는데 무슨 잘못을 해서 그랬는지는 생각나지 않는다. 그냥 아이들이 뛰니까 나도 덩달아 뛰었던 것 같다고, 뛰지 않으면 안 될 것 같아서 뛰었다고 기억한다. 그런데도, 어쩌면 그래서 내 도주는 필사적이었고 절실했다. 붙잡히면 절대로 안 된다는 초조감이 숨을 가쁘게 쉬게 하고 걸음을 엉키게 했다. 나는 넘어졌고 붙잡혔다. 내 목을 움켜쥐던 크고 거친 손을 기억한다. 내 등짝을 후려치며 내지르던 탁한 목소리를 기억한다. 이 새끼, 어딜 도망가려고…… 나는 입이 얼어서 아무 말도 하지 못했다. 붙잡힌 사람은 나밖에 없었다. 달아난 아이들은 저만치 떨어진 곳에서 내가 혼나는 장면을 지켜보고 있었다. 나는 무엇을 잘못했는지 모른 채 잘못에 대한 벌을 받고 있었다. 아이들은 멀찌감치 서서 잘못한 사람이 붙잡혀 혼나는 모습을 잘못하지 않은 사람이 되어 지켜보고 있었다. 붙잡힌 사람이 잘못한 사람이었다. "대체 왜 달아나는 거야? 어? 왜 도망가느냐고. 말해봐." 넘어져 있는 나를 내려다보며 탁한 목소리가 그렇게 다그쳤다. 그 사람은 다른 말도 했다. 아마 대부분 훈계였을 것이다. 그런데 그 내용은 떠오르지 않고 그 말만 생생하다. "대체 왜 달아나는 거야? 어?" 나는 입을 열지 못했다. 나는 왜 달아났던 것일까? 이유를 찾으려 했지만 발견되지 않았으므로 말하지 못했다. 나는 왜 달아났을까? 그 이유를 그때는 알았을까? 그때는 알았던 것을 지금은 모르게 된 것일까? 모르던 어떤 것은 어떻게 알게 되고 알던 어떤 것은 어떻게 모르게 되는 것일까? 구부러진 어떤 것은 어떻게 펴지고, 펴진 어떤 것은 어떻게 구부러지는 것일까?

나는 네가 전화를 걸었으니 네 목소리를 듣게 될 거라고 예상했을까. 아마 그랬을 것이다. 그러나 동시에 나는 네가 전화를 걸 수 없는 사람이므로 너의 목소리를 듣게 될 거라고 기대하지 않았던 것 같기도 하다. 예상과 기대가 바뀌었

을 수도 있다. 듣게 되기를 기대하면서 듣지 못하리라고 예
상했을 수도 있다. 어느 쪽이든 상관없다면 좋겠지만 실은
어느 쪽이든 상관없을 수 없는 상황이라는 게 문제였다. 달
아나다가 붙잡힌 사람은 자기가 왜 달아났는지 모르고, 모
른 채로 잘못한 사람이 된다. 붙잡혔기 때문에 잘못한 사람
이 된다.

천장은 큰 눈으로 내려 보고 큰 귀로 내려 들었다. 내 방
은 그날의 소회의실로 변했다. 소회의실의 숨 막히는 정적
을 생각한다. 그날 나는 감시당하는 사람이었다. 아무도 들
어오지 않았지만 나는 누군가 곧 문을 열고 들어올 거라고
마음 졸였고, 아무도 듣지 않았지만 나는 누군가 내 숨소리
와 내 속의 생각까지 듣고 있다며 긴장했다. 그때와 다르지
않았다. 나는 머뭇머뭇 손을 뻗어 통화하기를 눌렀다. 잠깐
만요, 끊지 말고 들어보세요,라는 다급한 목소리가 너의 목
소리가 아니라는 걸 인식하지 못했다. 그러나 너의 목소리
라고 인식한 것도 아니다. 놀라움은 묘한 방법으로 유보되
었다. 그 탄력 있는 목소리는 그러니까 일종의 완충재였던
셈이다. 너의 목소리를 듣게 되리라는 기대와 예상이 아주
없지는 않았다고 했지만, 그러나 정말로 네 목소리를 듣게
되면 어떨지, 어떻게 할지는 상상하지 않았던 것이 분명하
다. 그렇지 않다면 정말로 네 목소리라는 걸 확인하는 순간

그렇게 놀라지는 않았을 테니까. 숨이 막히고 얼어붙는 것 같지는 않았을 테니까. 외마디 소리를 지르며 휴대폰을 떨어뜨리지는 않았을 테니까.

그렇다. 너의 분명한 목소리가 한수 형, 하고 불렀다. 한수는 내 이름이고 한수 형은 네가 나를 부르는 호칭이고, 발음할 때 약간 떨리는 목소리는 너의 것이었다. 한수 형이라니, 잘못 들었을 거야. 나는 현실을 부정하는 사람이 되어 주문을 외듯 그 말을 되풀이했다. 그렇게 되풀이 말하는 순간에도 잘못 들을 수 없다는 걸 의심하지 않았다. 휴대폰을 다시 집어 들지 못한 것이 그 증거다. 휴대폰에 손이 닿으면 감당하지 못할 큰일이 일어나기라도 할 것 같은 예감은 어디서 온 것일까. 휴대폰은 탁자 위에서 파상형의 무늬를 펼치며 빙글거리는 것처럼 보였다. 나는 무덤을 뚫고 올라오는 꿈속의 손을 떠올리지 않으려고 세차게 고개를 저어야 했다. "한수 형. 왜 전화를, 내 전화를 왜, 형이 내 전화를 왜 안 받아?" 떨어지면서 탁자에 부딪힌 휴대폰은 갑자기 소리가 커졌다. 너의 얼굴이 불쑥 내 눈앞으로 다가오는 것 같았다. 잘 들으라고, 피하지 말고 잘 들으라고 네 손이 스피커폰 모드를 누른 것 같았다. "사람들이 다 나를 피해. 대놓고 욕을 하고 비난하고 저주를 해. 하루아침에 파렴치한이 되었어. 너무 끔찍해서 SNS를 다 닫았어. 내가 그런 사람이라고 형도 믿는 거야? 내가 그런 사람이야? 형이, 어떻게 그럴 수 있어……" 나는 부정의 뜻으로 손을 저었다. 내가 부정하는 것이 무엇인지 나는 모른다. 네 질문에 아니라고 답하고 있는 것인지 질문하는 너의 존재를 부정하고 있는 것인지 나는 모른다. 나는 혼란에 휩싸였고, 어딨니, 너, 형배 너 맞니? 그럴 리 없잖아, 이게 뭐야, 거기 어디야, 하는 말을 더듬더듬 뱉어냈다. 내 혼잣말은 너에게 가 닿지 않고 너는 너의 말을 계속한다. 너는 너의 말을 계속하고 나는 나의 말을 계속한다. 나의 말은 말이 아니고 그저 소리이거나 신음일 뿐이다. 나는 너의 말을 듣지 않으려고 말이 아닌 소리를 계속 낸다. 너의 목소리를 묻으려고 끙끙 앓는 소리에 불과한 소리를 낸다. 나는 필사적이다. 필사적이지 않아도 되는데 필사적인 사람은 없다.

그러다가 문득 네 목소리가 달라진 걸 눈치채고 나는 입을 닫고 귀를 세웠다. 여보세요, 여보세요, 하고 다급하게 외치는 목소리는 너의 것이 아니었다. 네가 여보세요,라고 나를 부를 리 없거니와 여자 목소리이니 네가 아니라는 걸 모를 수 없다. 잠깐만요, 끊지 말고……라고 했던 목소리와 같다는 걸 그제야 깨닫고 나는, 당신, 누구요? 탐색하듯 묻는다. 여자는 여러 번 전화를 걸었는데 내가 전화를 받지 않았다고 말한다. 사흘 전에 세 번, 어제 두 번, 그리고 조금 전에 한 번. 그러면서 자기 번호를 불러준다. 모르는 번호로 걸려 온 전화를 내가 받았을 리 없다. 나는 내 주소록에 등록되어 있지 않은 사람의 전화는 받지 않는다. 나는 소심하고 의심이 많은 사람이다. 그러나 그 사실을 말할 필요가 없으므로 말하지 않는다. 누구세요? 나는 다시 따져 묻는다. 장난인지 무슨 꿍꿍이가 있는 건지 감을 잡을 수 없다. 누구인지 모르니 마음을 놓을 수 없다. 무엇보다 너의 목소리 다음에 이 사람이 튀어나온 연유를 알 수 없다. 너의 전화번호로 전화가 걸려 온 사정을 알 수 없다.

　여자는 혹시 '거기'를 아느냐고 묻는다. '거기'를 아느냐고 묻는 사람은 '거기'를 아는 사람이다. 그러나 나는 그녀의 신분을 파악하지 못한 상태이므로 섣부르게 대답하지 못한다. 의혹과 혼란 속에서 나는 그녀의 다음 말을 기다린다. 곤두선 귀는 가장 예민한 안테나이다. 그녀는 '거기'가 더 이상 '거기'가 아니라고 말한다. 그게 무슨 말인지 궁금해할 걸 안다는 듯 그녀는 설명을 덧붙인다. "'거기'를 우리가 인수했어요. 전에 '거기'를 운영하던 분이 가게를 내놨거든요. 그래서 이제 '거기'가 아니에요. 실내 인테리어를 새로 하고 있어요." 인테리어 공사를 하던 중에 의자 밑바닥과 벽 틈에서 휴대폰을 발견했다고 그녀는 말한다. 배터리를 충전하자 휴대폰이 켜졌고 주인을 찾아줄 생각으로 최근 통화 목록을 살폈는데 맨 위에 내 이름이 있었다고 그녀는 말한다. 그래서 무심코 전화를 걸었다고. 연결이 되지 않아 다른 사람에게 전화를 걸려고 했다고. 한 사람에게만 더 시도해보고 연결이 안 되면 그만두려 했다고. 그 정도면 도리는 한 셈이라 생각했다고. 그런데 호기심으로 이것저것 만지다가 음성 녹음이 있는 걸 발견했다고 그녀는 말했다. "죄송해요. 끝까지 듣고 말았어요." 꼭 전해줘야 할 내용 같아서 계속 자기 휴대폰으로 전화를 걸었는데, 통화가 되지 않았다고, 무엇 때문인지 이 번호로 직접 전화를 걸면 안 될 것 같았다고, 그건 그냥 예감 같은 것이었다고 그녀는 말했다. 계속 통화가 안 되니까 오늘에서야 이 번호로 전화를 걸었다고 그녀는 말했다. "이 음성 메시지를 들려줘야 할 것 같았거든요. 왜 그런 생각이 들었는지 모르겠는데, 이 메시지를 들려주는 것이 의무인 것처럼 여겨졌어요. 나에게 발견된 게 우연이 아닌 것 같았어요. 이 일을 안 하면 내게 안 좋은 일이 생길 것 같은 거예요. 그래서⋯⋯" 여자는 너에게 무슨 일이 일어났는지 아는 것처럼 말했다. 아니, 여자는 너에게 무슨 일이 일어났다는 건 알지만, 그 일이 무슨 일인지는 모르고 있었다.

사내 대화방에 올라오는 글들이 점점 험악해지는 것이 걱정스러워진 나는 4층과 5층의 층계참에서 너에게 전화를 걸었다. 대화방에는 반성은커녕 문제를 더 키우는 너를 비난하는 글이 올라오고 언론의 주목을 받게 되는 경우 회사가 입을 이미지의 타격을 걱정하는 글도 올라왔다. 거기에는 적반하장이라는 표현도 있고 물귀신처럼 물고 늘어진다는 표현도 있고 조직에 대한 소속감 부재 같은 표현도 있었다. 신호가 오래 이어졌지만 너는 전화를 받지 않았다. 나는 퇴근 후에 '거기'서 보자는 음성을 남기고 끊었다. 운동이 끝나면 우리는 그곳에서 맥주를 마셨다. 운동이 없는 날도 자주 그곳에 들렀다. 다른 직원과 함께일 때도 있었지만 둘만 간 적도 여러 번이었다. 네가 '한수 형'이라고 부르겠다며 전화기에 이름을 적어 넣은 곳이 그곳이었다.

그날 너는 '거기'에 나타나지 않았고 전화도 걸어 오지 않았다. 며칠 후에야 연락한 너는 음성 사서함에 남긴 내 메시지를 듣지 못했다고 말했다. 경황이 없었다고 했고, 어처구니없는 일로 곤욕을 치르고 있다는 말도 했다. 내가 그것 때문에 만나려고 했다고 말하자 너는, 형도 들었어? 하고 반문했다. 이어서 그거 다 가짜야, 모함이라고, 설마 그거 믿는 거 아니지, 하고 다급하게 덧붙일 때 나는 이상하게 마음이 불편했다. 네가 그런 말을 하기 전까지는 떠도는 소문에 대해 어떤 판단을 하고 있지 않았고, 오히려 네가 터무니없는 오해를 받고 있을 거라는 쪽으로 마음이 기울어 있었던 것 같은데, 정작 네가 그렇게 말하자 근거 없는 헛소리가 아닐지 모른다는 생각이 드는 걸 어떻게 이해해야 할까. 네가 그것에 대해 아무 말도 하지 않았으면 좋겠다는 마음이 드는 건 또 무슨 조화였을까. 파고들어 마주치게 될 진실이 거북할 거라는 예감은 어디서 비롯한 것일까. 내 기분을 알 리 없는 너는 부장이 개입되어 있는 불법 영업 관행에 대해 말하며 흥분했다. 영업 실적을 올리기 위해 가상의 거래처를 만들어 있지도 않은 거래를 가공하고 있는데, 조만간 회사에 큰 손실을 가져올 게 뻔한 그런 영업 방법에 대해 이의를 제기하지 않을 수 없었다고 너는 말했다. 그러자 자기에게 올가미를 씌우고 있다는 것이 너의 설명이었다. 말하는 도중 감정을 추스르지 못하고 욕설을 섞기도 했다. 그런 모습이 나는 몹시 낯설고 또 거북했다. 나는 부장의 부당한 지시에 대해서가 아니라 너에게 씌워진 올가미에 대해서만 말하라고 말하고 싶었다. 거래처에 갑질을 해서 돈을 받았는지, 회식 자리에서 거래처 여직원을 성추행한 게 사실인지 말하라고 말하고 싶었다. 아니, 말하지 말라고 말하고 싶었다. 어떤 말도 하지 말라고 말하고 싶었다. 거북한 말을 듣지 않는 것이 거북해지지 않는 방법이니까. 너는 너의 말이 왜 거북하게 받아들여진다는 것인지 의아해할지도 모르겠다. 아마 그럴 것이다. 어떤 일을 많이, 깊이 알면 그만큼 그 일에 대한 역할과 책임도 떠안아야 하는 메커니즘을 어떻게 설명할 수 있을까. 책임에 대한 부담감 때문에 많이, 깊이 알기를 거부하는 나의 비겁한 마음을 이해할 리 없는 너는 목소리를 높여 부장이 얼마나 추악한 인물인지 토로했다. 회식 자리에서 거래처 여직원의 무릎에 손을 얹고 야한 농담을 한 것이 네가 아니라 부장이라는 것, 거래처에서 돈을 받은 사람도 네가 아니라 부장이라는 것, 택시 타고 가라며 부장이 건넨, 택시비치고는 꽤 많은 돈을 받은 것이 네가 받은 돈의 전부라는 것, 그런데도 그 모든 것을 네가 저지른 짓으로 돌리고 있다는 것, 그 이유가 네가 부장의 지시를 거부하고 여차하면 불법 영업 행위를 공개하겠다고 했기 때문이라는 것. 부장이 네게 퍼부은 막말과 욕설과 협박에 대해서도 말했다. 흥분한 너는 말을 하는 도중에 더듬었고 한 말을 반복했고 조리 없이 건너뛰었고, 그래서 나는 많은 부분을 알아듣지 못했다. 나는 흥분을 가라앉히라고 조언하고, 전화 말고 만나서 이야기하자고 말했다.

그 말을 할 때 너와의 통화를 끝내려는 마음이 있었던 것은 맞지만 만나지 않을 결심을 한 것은 아니었다. 만나지 않을 생각을 하면서 만나서 이야기하자고 말한 것은 아니었다. 고속도로가 꽉 막혀 출장에서 돌아오는 시간이 늦어지면서 약속을 지키지 못하게 되었을 때 네가 그런 오해를 하지 않을까 염려하긴 했다. 나는 그런 오해를 받는 것이 싫었다. 그래서 너에게 양해를 구하는 문자를 보내려고 했다. 그런데 양해를 구하는 너의 문자가 먼저 도착해 있었다. 너는 '거기' 가지 못할 것 같다고 했고, 짜증 나는 일이 자꾸 생기네, 하고 썼고, 나중에 연락하겠다고 덧붙였다. 너의 그 문자가 나에게 안도감을 갖게 했다는 걸 굳이 숨기고 싶지는 않다. 조금 서둘렀다면 네가 문자를 써 보내기 전에 내가 먼저 써 보냈겠지. 그런 걸 다행스러워하는 내가 나도 조금 역겨웠다. 그리고 네가 그런 선택을 할 줄 알았다면 그러지 않았을 거라고 변명하고 싶은 지금의 나를 나는 몹시 역겨워한다.

너는 형의 든든한 품을 기대했지만 나는 너를 보호하는 역할을 수행하지 못했다. 나에게 든든한 품이 없었기 때문이다. "……형이 내 전화를 받지 않으니 어떻게 해야 할지 모르겠어. 형 말고 전화를 걸 데가 없는데 형이 전화를 안 받잖아. 형마저 안 받잖아. 누구도 내 이야기를 들으려고 하지 않아. 내 말이 맞는지 알아보려고도 하지 않아. 그냥 내가 나쁜 놈이래. 나쁜 놈이 시끄럽게 하니까 더 나쁘대. 나쁜 놈으로 찍힌 거 잘못된 거라고, 나 나쁜 놈 아니라고, 억울하다고 호소하는데, 그래서 더 나쁘대. 나 무서워. 무서워 죽겠어. 처음엔 억울했는데, 말도 안 되는 상황이 억울해서 호소하고 대들고 따지고 별짓 다 했는데, 그러면 누명을 벗을 줄 알았는데, 근데 아닌 거야. 지금은 무서워. 무서워졌어. 근데 형, 왜 전화 안 받아? 설마 형도, 형까지 나를 그런 사람으로 보는 거야? 그러지 마, 형. 그러면 나 죽어. 어떻게 살아? 그냥 하는 말 아니야. 그러니까 형, 나한테 전화 걸어 줘. 제발 전화해. 안 그러면 나 못 살아. 나 죽어……"

너를 징계하기 위한 위원회가 열리던 날, 너는 '거기'에 갔구나. '거기'에 가서 내 전화를 기다리고 있었구나. 기다리다가…… 너는 형의 든든한 품을 기대했지만 나는 동생을 보호하는 역할을 수행하지 못했다. 네가 기대하는 든든한 품이 나에게 없었기 때문이다. 필사적으로 달아나던 나는 붙잡혔고, 붙잡혔으므로 추궁을 받을 것이다. 나에게 자유가 있을까. 자유가, 나에게 있어야 할까. 나는 생각한다. 나는 필사적이다. 필사적이지 않아도 되는데 필사적인 사람은 없다. "대체 왜 달아나는 거야? 어?" 나는 이 질문을 피하지 못할 것이다. 질문은 답할 때까지 이어질 것이고, 그러나 이것은 이유를 묻는 질문이 아니므로 나는 끝내 답하지 못할 것이고, 그러므로 추궁은 끝내 멈추지 않을 것이다. 영원히 시달릴 것이다.

귀가

그 사람은 어둑어둑해질 무렵 천하3구역의 후미진 골목에 나타났다. 골목은 사람들이 버리고 간 각종 쓰레기들로 지저분했다. 폐기물을 불법으로 무단 투기할 시 고발 조치한다는 내용이 적힌 현수막 아래 곰팡이 자국이 선명한 옷장과 부서진 문짝과 폐형광등과 자전거 바큇살에서 분리된 타이어와 여러 모양의 스티로폼과 속이 삐져나온 이불과 뚜껑 없는 밥솥, 냄비, 심지어 소화기까지 버려져 있었다. 오래전에 한쪽이 무너진 채 방치된 담벼락에는 글씨도 아니고 그림도 아닌 낙서들로 지저분했다. 한때 담쟁이넝쿨이 무성하던 담은 이제 보기가 흉했다. 막 불이 켜진 골목 끝의 붉은 가로등 아래서 골목은 을씨년스러웠다. 내장에서 쏟아져 나온 배설물들을 보는 것 같아 저절로 얼굴이 찡

그려지는 그 궁색한 생활 쓰레기들을 밟으며, 그러나 자기가 밟는 것이 쓰레기든 뭐든 개의치 않는다는 듯 어떤 주저하는 몸짓도 없이 그는 그 골목의 맨 안쪽까지 걸어 들어갔다. 경쾌하거나 의연하다고 할 수는 없지만 담담하다는 인상은 풍겼다. 예컨대 천하3구역이 시작되는 길목의 천하부동산 앞 긴 나무 의자에 앉아 있던 황 노인의 눈에는 그렇게 보였다.

천하부동산은 그 구역에 마지막 남은 가게였다. 재개발조합장이 가끔 사무실처럼 이용할 뿐 거래는 물론 문의조차 하러 오는 사람이 없었다. 속도를 내던 천하동 재개발 사업이 조합과 시공사 간의 갈등으로 중단된 뒤 반년 넘게 방치되면서 사람들의 발길이 뚝 끊겼다. 언제 다시 재개발될지 예상할 수 없는 상황이었다. 곧 끝날 거라고 생각했던 코로나 팬데믹 상황이 좀처럼 잠잠해지지 않는 것도 활기를 앗아간 요인 가운데 하나였다. 그 바람에 동네만 흉해져갔고, 노인은 그것이 못내 안타까웠다. 그 자리에서만 30년 가까이 부동산 중개를 해온 노인은 이제 늙었으므로 일을 그만둘 마음을 먹고 있었다. 그래도 철거되는 순간까지는 가게에 나올 생각이었다. 가게 앞의 나무 의자에 앉아 30년간 그의 족적이 어린 천하3구역이 철거되는 장면을 지켜볼 작정이었다.

황 노인은 기웃거리지도 주저하지도 않고 골목길로 접어드는 그 남자의 걸음걸이가 참 덤덤하다고 느꼈다. 그것은 낯선 장소에 나타난 사람의 걸음걸이가 같지 않았다. 말하자면 늦게까지 일하고 자기 집을 찾아가는 사람의 걸음처럼 무의식적인 데가 있었다. 본 적 없는 사람이라는 건 분명했다. 낯선 사람에게서 느껴지는 그 낯설지 않은 기운이 노인은 이상했다. 어차피 할 일이 따로 없기도 했지만 그래서 더욱 노인의 시선은 그 사람에게서 떨어지지 않았다. 그 사람이 걸어가는 길 옆으로 철거되지 않은 채 남아 있는 낡은 간판들이 보였다. 노인은, 먼지를 뒤집어쓰고 있는 글씨들, 송도여인숙, 욕실 완비, 산신 도사, 신점, 3층 등을 눈으로 따라 읽었다.

골목 가장 안쪽 마지막 집 앞에 멈춰 선 그 사람은 잠시 가만히 있었다. 노인은 그 사람이 읽을, 읽지 않을 수 없는 안내문의 문구들을 떠올렸다. '공가'라는 큼지막한 검은 글씨의 위아래에 '출입 금지'를 표시하는 붉은 두 줄과 함께 경고문이 붙어 있을 것이다. 노인은 하도 여러 번 보아서 외우게 된 그 문장을 소리 내어 중얼거렸다. 출입 금지. 당 사업지 내 건물에 무단으로 침입 시 형법 319조에 의거 3년 이하의 징역이나 5백만 원 이하의 벌금에 처해질 수 있습니다. 당 건물에 문의 및 출입 사유가 있을 시에는 공가 책임자에게 문의하시기 바랍니다. 천하3구역 주택 재건축 정비 사업조합.

조합장은 철거 예정 구역 내의 집이 비면 바로 그 경고문을 붙였다. 황 노인도 동행했고, 조합장이 없을 때는 직접 그 일을 하기도 했다. 이주비를 더 받아내려고 버티는 사람들 때문에 골치를 앓는 데가 많은 것을 생각하면 이 구역은 비교적 수월하게 이주가 이루어진 쪽에 속했다. 물론 성가신 일이 전혀 없었던 것은 아니다. 골목 끝 집이 마지막까지 버틴 집이었다. 황 노인은 그 집을 떠올리며 고개를 절레절레 젓고 한숨을 깊이 내쉬었다. "인생이 뭔지, 그렇게 갈 거면서 참……" 그 구역에 사는 대부분의 주민들과 마찬가지로 황 노인은 그 집 주인 여자와도 가깝게 지냈다. 아니, 그 이상이었다. 그 골목에서 황 노인만큼 그녀와 오래 알고 지낸 사람은 없었다. 특히 술에 절어 살던 남편이 병을 얻어 일찍 세상을 뜬 후 이런저런 일들을 상의하고 거들면서 친해졌었다. 오래전 일이었다. 그녀가 몇 년 전까지 운영했던 치킨집에서 영업이 끝난 후 맥주를 마시며 데이트 비슷한 것도 몇 번 했는데, 술이 약한 그녀를 부축해서 집까지 데려다줄 때는 마음속에서 묘한 감정이 울컥울컥 올라와 공연히 헛기침을 하기도 했었다. 두 사람 중에 누구라도 용기를 냈더라면 아마 무슨 일이 일어났을 것이다. 황 노인은 자신

의 우유부단함을 책망하거나 자신의 자제력을 원망하면서
한 시절을 보냈었다. 5년 전 그의 아내가 이 세상을 떠났을
때 그녀는 영정 사진 앞에서 그때 일을 꺼내며, 내가 하마터
면 당신 남편을 당신한테 면목 없는 사람으로 만들 뻔했소,
근데 안 넘어옵디다, 하며 웃었다. 그 이후에도 그녀는 좋은
이웃으로 지내면서 노인에게 많은 것을 의지했다. 오래된
단독주택과 다세대주택을 헐고 아파트를 짓는 재개발 계획
이 추진될 때도 그와 상의했다. 그런데 무슨 일이 있었을까,
재개발이 확정되고 이주 일정이 정해진 다음에 갑자기 집
을 비우지 않겠다고 하는 바람에 조합 사람들을 곤란하게
했다. 조합장이 틀림없이 추가 이주비를 노리는 수작이라
며 언짢아했지만 노인은 그럴 사람이 아니라고 두둔했다.
조합장은 그렇게 친한 사이라니 어떻게든 설득해보라며 노
인을 내몰았고 노인은 그렇게 했다. 그런데 다른 때와는 달
리 그의 설득이 전혀 먹히지 않았다. 그녀는 아예 그의 말을
들으려고도 하지 않았다. 그가 말을 하면 듣기는 했지만 그
뿐, 입을 다물고 아무 말도 하지 않았다. 조합장은 철거민
연합회니 뭐니 하는 것들이 바람을 넣은 게 틀림없다며 일
이 더 커지기 전에 강제로 내쫓을 수밖에 없다고 으름장을
놓았다. 황 노인은 그 앞에서는 그럴 리가 없다고 말했지만,
자기에게까지 입을 닫고 끄떡도 하지 않는 걸 보면 정말 그

럴지도 모르겠다는 생각을 피할 수 없었다. 누군가 접근해서 복덕방이 조합장과 한통속인 걸 모르느냐고, 둘이서 늘 붙어 다니는 거 안 보이느냐고, 그러니 그 공인중개사 말을 듣지 말라고 쏙닥거리지 않고서야 자기에게 저렇게 마음을 닫아버릴 리 없다는 생각이 드는 것이었다. 그렇다고 그런 오해를 해소시키겠다고 주절주절 무슨 말을 늘어놓는다면 그 꼴이 얼마나 사납겠는가. 오해가 해소되기는커녕 그 오해에 확신을 더해주지 않겠는가. 그런 생각이 그를 주저하게 했다. 섭섭함과 안타까움이 교차했지만 그의 우유부단과 자제력은 이번에도 위력을 발휘해 그를 멈춰 세웠다.

"어리석은 놈. 비겁한 놈. 자기밖에 모르는 놈. 나이를 그만큼 처먹고서 사람이 왜 그렇게 옹졸해. 오해를 좀 받으면 어때." 노인은 자신을 자책하며 발로 땅을 툭툭 찼다. 그러고 나서 문득 골목 안쪽으로 눈길을 돌렸는데, 그 사람의 모습이 보이지 않았다. 조금 전까지 그 빈집 앞에 멈춰 서서 대문에 붙은 경고문을 읽고 있는 것 같던 사람이 사라지고 없었다. 막다른 길이었다. 하늘로 솟구친 것이 아니라면 그 집 안으로 들어갔다고 해야 할 것이다. 그런데 '공가' 안으로 들어가는 것은 금지된 일이었다. 3년 이하의 징역 혹은 5백만 원 이하의 벌금에 처해질 수 있는 일이었다. 들어갈 사유가 있다면 공가 책임자에게 문의해야 했다. 공가 책임자는 따로 없었다. 그 경고문에는 책임자의 연락처가 적혀 있지 않았다. 굳이 문의를 받을 사람이 있다면 조합장이거나 황 노인이었다. 그러나 여태 공가 책임자를 찾는 사람은 없었다. 그것은 들어갈 사유를 가진 사람이 없다는 뜻이었다.

노인은 천천히 몸을 일으켰다. 급히 움직이다가 허리를 삐끗해서 고생을 한 지난겨울 이후 그는 앉았다가 일어나거나 일어나 있다가 앉을 때 조심했다. 그는 턱 아래 걸치고 있던 마스크를 올려 쓰고 느릿느릿 걸어 골목 안으로 들어갔다. 녹슨 철문은 닫혀 있고 천하로 78길 31이라는 도로명 주소 옆에 초인종이 그대로 있었다. 그는 예전의 습관대로 초인종에 손을 댔다가 떼고 손으로 문을 밀었다. 문은 열리지 않았다. 문이 원래 잠겨 있었나? 고개를 갸우뚱하던 노인은 발뒤꿈치를 들고 목을 길게 빼서 대문 안을 들여다보았다. 시멘트가 발린 좁은 마당에도 여러 종류의 쓰레기들이 어지럽게 뒹굴고 있었다. 그러나 사람의 모습은 보이지 않았다.

그는 안에 대고 소리쳤다. "안에 누구 있어요?" 그러고 나서 반응을 기다렸지만 대답은 돌아오지 않았다. 노인은 잔기침으로 목청을 가다듬은 다음 공가에 들어가면 안 된다고 조금 더 크게 말했다. 주거침입이에요, 했다가 공가니 주거는 아니라는 생각이 들어, 공가라 주거침입은 아니고, 여기는 재건축 정비 사업지라 무단으로 침입하면 3년 이하의 징역이나 5백만 원 이하의 벌금에 처해질 수 있다고, 눈앞의 경고문에 있는 내용을 읽었다. "알았어요?" 그러나 어떤 반응도 돌아오지 않았다. 바람에 쓰레기들이 뒤척이며 스으슥 소리를 냈지만 인기척은 없었다. 노인은 아무도 없는 빈 공간을 향해 혼자 헛소리를 하고 있는 것 같아 문득 민망해졌고, 그러자 자기가 아까 무엇을 본 건지, 정말로 뭔가를 본 게 맞는지 의심스러워졌다. 봄날 저녁 스산한 바람만 가끔씩 손짓하고 지나갈 뿐인 철거 예정지의 골목에 혼자 앉아 헛것을 본 건가. 몸을 저기 앉혀두고 어디 다른 데를 잠깐 갔다 온 건가. 노인은 요즘 자기가 영 미덥지 않았다. 그는 녹이 묻어나는 철문을 한 번 더 손가락으로 밀어본 다음 느릿느릿 몸을 돌렸다. 있던 곳으로 돌아가면서도 혹시 하고 몇 번 뒤를 돌아보았다. 자기가 보지 않을 때 그 사람이 문을 열고 나올 것 같은 생각이 드는 까닭을 이해할 수 없었다. 골목은 조용했고, 사람들이 쓰다 버린 물건들을 더듬는 가로등 불빛이 유난히 허전했다.

다음 날 아침 언제나처럼 제시간에 출근한 황 노인은 천하부동산 문을 열면서 천하3구역의 공기가 어딘가 달라졌다고 느꼈다. 피부에 닿는 바람처럼 그냥 그런 느낌이 들었다. 그런 느낌에 근거가 없지 않다는 것을, 늘 그렇듯 사무실 책상을 물휴지로 닦고 컴퓨터를 켜고 관성에 따라, 그러나 건성으로 매물을 확인하고 물을 끓여 믹스 커피를 타서 들고 나와 나무 의자에 앉고 나서야 알게 되었다. 텅 빈 골목으로 눈길을 보냈는데 어제까지의 골목이 아니었다. 그는 조심성 없이 몸을 일으키다가 짧은 신음을 뱉으며 허리를 받쳤다. 커피 잔을 나무 의자 위에 올려놓고 천하로 78길로 향했다.

골목 안이 깨끗했다. 쓰레기들이 없어진 것은 아니었다. 아무렇게나 뒤섞여 나뒹굴고 있던 허접한 물건들이 담을 따라 가지런히 정리되어 있었다. 옷장과 문짝이 벽에 기대서 있고 밥솥과 냄비와 밥그릇과 쟁반 같은 부엌 용품들이 한데 모여 있었다. 속이 터져 흉하던 이불은 깡똥하게 뭉쳐져 있고 스티로폼과 비닐봉지와 깡통과 유리병 들이 종류별로 분류되어 있었다. 바닥은 비질을 한 표가 확연했다. 누가 이런 짓을. 머리끝이 쭈뼛 일어서는 기분을 누르며 황 노인은 빠르게 걸어 골목 끝 집에 다다랐다. "헛것을 본 게 아니었어. 분명 사람이었어. 근데 이자가 남의 집에 들어와서 뭔 짓을 한 거야, 대체." 곧 집이 부서지고 동네가 사라질 것이다. 폐기물들은 실려 나가고 땅은 파헤쳐질 것이다. 계획

대로 진행되고 있지는 않았지만 그렇다고 이전으로 되돌아가는 일이 일어날 리는 없었다. 이까짓 쓰레기들이 대수겠는가. 황 노인은 이렇게 한심한 일을 한 사람이 어떻게 생겼는지 확인하고 싶었다.

그는 여전히 닫혀 있는 철문을 쾅쾅 소리 나게 두드렸다. "이봐요. 거기 들어가 있으면 안 돼요. 빨리 나와요." 그러나 어제와 마찬가지로 아무 반응도 보이지 않았다. 황 노인은 철문을 두드리는 주먹에 힘을 주고 목소리를 더 높였다. "무단 침입으로 감옥에 간다고요. 그러니까 빨리 나와요. 안 그러면 강제로 끌어낼 거예요. 그리고 곧 공사가 시작될 텐데 대체 뭘 한 거예요. 쓰레기를 치우다니, 무슨 엉뚱한 짓을 한 겁니까. 이런 곳에서는 버리는 것보다 치우는 게 더 이상하다는 생각 안 들어요?" 그렇게 말하면서 황 노인은 자기가 핵심에서 비켜난 난 말을 하고 있다는 생각이 들었기 때문에, 아무튼 당장 나와요, 안 그러면 바로 신고할 거니까 그때 후회하지 말고 좋은 말로 할 때 빨리, 경고하는 겁니다, 하고 언성을 더 높였다. 그러나 그의 경고는 이번에도 효과를 내지 못했다. 그는 경고라는 말을 몇 번 더 하고 발뒤꿈치를 들어 고요하기만 한 집 안을 기웃거리고 몇 차례 더 쾅쾅 문을 두드린 다음, 이해할 수 없다는 듯 고개를 흔들며 돌아섰다. 이번에도 몇 번 더 뒤를 돌아보기는 했지만, 그러나 자기가 잘못 보았을지 모른다는 생각을 더는 하지 않았다.

그의 전화를 받은 조합장은 그러니까 잘 지켜야지, 어렵게 쫓아낸 집에 사람을 왜 들어가게 하느냐고 황 노인을 나무랐다. 복덕방을 조합 사무실처럼 이용하는 것은 생각하지 않고, 오며 가며 몇만 원씩 쥐여주는 것으로 자기 부하 다루듯 하는 조합장의 태도가 같잖았지만 황 노인은 허허 웃으며 어떻게 하면 좋겠느냐고 물었다. 보고하고 지시를 기다리는 부하 직원 같다는 생각이 들어서 노인은 마음이 좀 언짢았다. 조합장의 목소리에는 짜증이 묻어났다. "빈집 찾아드는 부랑자나 노숙자 조심하라고 했잖아요. 귀찮은 일이 생길지도 모른다고. 아 짜증 나. 나 일이 있어 주말까지 못 가요. 황 사장이 수단 방법 가리지 말고 쫓아내요. 떨거지들 더 달라붙기 전에." 부랑자나 노숙자 조심하라는 말을 언제 했는지 기억나지 않았지만 그런 걸 따질 계제가 아니었다. 부랑자나 노숙자가 골목 안에 가득한 쓰레기들을 치우고 정리했을 것 같지 않다는 황 노인의 의견은 조합장이 짜증 난다는 말을 되풀이하며 전화를 끊어버리는 바람에 전달되지 못했다. 하기야 그 집에 들어가 있는 사람이 부랑자거나 노숙자거나 그건 중요한 게 아니었다. 누구든 그집에 들어가면 안 된다는 것이 핵심이었다. 그러니까 그 사람을 쫓아내는 것이 그가 해야 할 일이었다. 공가에 들어가 잠만 자는 것이 아니라 주변 청소까지 한 것을 보면 정상이라고 보기 어려웠다. 그것은 그 사람의 목표가 하룻밤 잠자리를 해결하는 데 있지 않다는 뜻이었고, 혹시라도 아예 둥지를 틀 작정으로 들어온 것이라면 쫓아내기가 그만큼 쉽지 않을 것이었다. 생각이 거기에 이르자 마음이 급해졌다. 둥지를 틀기 전에 내쫓아내야 한다. 황 노인은 공구함을 뒤져 장도리와 쇠막대를 찾아 들고 그 집으로 향했다.

'공가'라는 표시는 물론 무단 침입 시 처벌받는다는 경고문도 사라지고 없었다. "이런 미친놈이 있나." 황 노인은 험한 말을 내뱉으며 문틈에 장도리의 노루발 부분을 대고 힘을 주었다. 문은 생각보다 쉽게 열렸다. 황 노인은 어제까지만 해도 온갖 쓰레기로 어지럽던 마당이 깨끗하게 치워진 걸 보고 욕을 했다. 미친놈. 아주 입주 청소를 하셨구만. 그는 쇠막대를 쥔 손에 힘을 주었다. 그런 일이 생기지 않기를 바라지만 여차하면 그걸 앞으로 내밀며 위협할 생각이었다. 황 노인은 큼큼 헛기침을 하고 나서 소리쳤다. "당신은 무단 침입을 했어요. 나오세요. 빨리 나오세요." 그러나 아무 소리도 들리지 않았다. 황 노인은 어디 있는 거야? 하며 현관문을 밀었다. 문이 열리고 눈앞에 거실이 나타났다. 넓지 않은 거실을 차지하고 있는 소파와 냉장고와 텔레비전과 식탁이 눈에 들어왔다. 황 노인은 그 집이 3구역의 공가 가운데 유일하게 살림살이를 빼내지 않은 집이라는 사실을 상기했다. 그렇게 된 것은 이 집의 주인이 다른 집으로 이주한 것이 아니기 때문이었다. 어딘가로 이사를 간 것이 아니어서 살림살이를 빼낼 필요가 없었다. 어떻게 알고 이 집을 택해 들어왔지? 안방에는 침대도 있을 테고 옷장과 이불과 요, 베개도 있을 것이다. 그걸 알고 이 집으로 들어왔단 말인가. 저자가 그걸 어떻게 알고 이 집을 찾아 들어왔단 말인가. 황 노인은 침입자로부터 집주인인 그녀와 그녀의 살림을 지키려고 들어온 것 같은 비장한 마음으로 쇠막대를 더 꽉 쥐었다.

거실 안으로 한 발짝 들여놓던 그는 멈칫했다. 거실이 금방 청소를 한 것처럼 너무 깨끗해서 신발을 신은 채 들어가면 안 될 것 같았다. 이 집에 '공가' 안내문을 붙이러 왔을 때 그는 아무렇지 않게 신발을 신은 채 안으로 들어갔었다. 그때는 거리끼는 게 없었다. 어차피 철거될 집이니까. 그런데 깨끗하게 정리되고 말끔하게 청소된 거실을 보자 아직 그 집에 주인이 살고 있는 것 같은 생각이 들었다. 주인이 살고 있는 집 거실에 신발을 신은 채 들어가는 것은 그녀를 모독하는 일이므로 그러면 안 될 것 같았다. 그런데 그것은 그 집이 공가라는 것을 부정하는 행동이므로 관리인이나 다름

없는 그로서는 그러면 안 되었다. 그는 잠시 이러지도 저러지도 못하고 머뭇거리다가 그 자리에 선 채 닫힌 방문을 쳐다보며 소리 질렀다. "이봐요, 안에 있어요? 어디 있어요? 어떻게 알고 왔는지 모르지만 당신은 여기 들어오면 안 돼요. 이 집 주인이 아니잖아요. 빨리 나와요." 그의 목소리는 소파와 천장과 냉장고와 텔레비전과 식탁에 닿았다가 그에게 되돌아왔다. 그의 목소리를 듣는 사람은 그 말고는 없는 것 같았다. 황 노인은 쇠막대를 현관의 타일 바닥에 두 번 찍어 듣기 거북한 소리가 나게 했다. 그리고 또 기다렸다. 그러나 여전한 침묵과 고요가 을씨년스러운 공기를 퍼뜨릴 뿐이었다. "환장하겠네, 진짜." 황 노인은 안으로 들어가려는 듯 몇 번 몸을 앞으로 기울였다가 닫힌 방문을 노려보고는 어떤 기운에 눌려 들어가지는 못하고 돌아섰다. 찜찜한 기분이 남아 그 집을 나서는 그의 그림자가 길게 늘어났다.

황 노인이 평소 알고 지내던 파출소의 김 순경을 데리고 그 집을 다시 찾아간 것은 다음 날 오전이었다. 그날은 출근한 후 여유 있게 커피를 타 마시지도 못했다. 3구역에 들어선 순간 눈길이 자동으로 천하로 78길의 골목으로 향했는데, 어제 담을 따라 종류별로 가지런하게 정리되어 있던 쓰레기들이 하나도 보이지 않았다. 쓰레기라고는 처음부터 없었던 것처럼 말끔한 골목이 황 노인의 넋을 빼앗아갔다. 알 수 없는 두려움이 그의 다리를 후들거리게 했다. 집주인인 그녀가 자기 집으로 돌아왔다는 말도 안 되는 생각이 말이 되는 것처럼 빠르게 스치면서 그는 잠시 어지럼증을 느꼈다. 그 생각에 오래 머물러 있지 않았다는 것을 다행이라고 해야 할까. 그럴 수는 없는 일이었다. 그녀는 이 세상 사람이 아니었다. 그녀의 살림살이가 집 안에 그대로 남아 있는 것은 그녀가 그것들을 저세상으로 가지고 갈 수 없기 때문이었다. 3구역의 집들이 속속 이주를 하면서 공가가 늘어가는 중에도 이주를 하지 않겠다고 버티던 그녀를 집 밖으로 데리고 나간 것은 방역복을 입은 사람들이었다. 우주인처럼 차려입은 사람들은 우주인처럼 움직이며 그녀를 차에 태우고 집 전체를 소독하고 드나들지 못하도록 입구에 줄을 두르고 떠났다. 그들의 동작은 민첩하고 능숙했다. 혼자 사는 노인들을 돌보는 요양보호사의 입을 통해 그녀가 코로나 전담 재활 병원에 입원했다는 소식을 들었지만 찾아갈 수는 없었다. 바깥출입을 거의 하지 않던 그녀가 어떻게 코로나에 감염되었는지 의아하다는 말을 주고받은 사람은 몇 되지 않았다. 이웃들이 거의 마을을 떠났기 때문에 그런 이야기를 나눌 사람도 많지 않았다.

그로부터 한 달이 되지 않아 주민센터의 공무원과 김 순경이 함께 나타나 황 노인에게 그녀의 가족들에 대해 아는지 물었다. 그때도 황 노인은 복덕방 앞 나무 의자에 앉아 있었다. 그 자리에 앉으면 눈을 살짝 돌리기만 해도 보이는 골목 풍경이 스산하고 지저분하고 쓸쓸해서 곧 눈길을 돌리곤 했다. 그럴 때 그는 뭐라고 말하기 어려운 복잡한 감정에 휩싸여 휘청거렸다. 애초에 그녀의 이해할 수 없는 고집에 대한 원망은 아니었다. 옹졸한 놈, 하고 자책하듯 중얼거리기도 했고 누구인지 모를 대상을 향해 그녀를 지켜달라고 기도하기도 했다. 기억나지 않지만 그녀에게 잘못한 일이 있는 것 같았다. 그는 그녀에게 사과할 기회를 달라고 빌었다. 그런 자신을 향해 화들짝 놀라기도 했다. 그들이 찾아왔을 때도 아마 그런 마음 상태로 그 자리를 지키고 있었을 것이다. 그들이 그에게 다가와 천하로 78길 31의 거주자 정순임의 가족이나 친척에 대해 알고 있는지 물었을 때 그는 그녀에게 사과할 기회가 사라졌다는 걸 깨달았다. 그는 두 사람의 얼굴을 번갈아 쳐다볼 뿐 그녀가 숨졌느냐고 묻지 못했다. 김 순경은 보일 듯 말 듯 고개를 끄덕였는데, 황 노인은 그것을 자기가 하지 못한 질문에 대한 답으로 받아들였다. 그녀로부터 가족이나 친척에 대해 어떤 이야기도 듣지 못했다는 사실이 그제야 떠올랐고, 그 사실은 이상한 슬픔을 불러일으켰다. 허공을 바라보며 고개를 젓기만 하는 그를 가만히 지켜보던 두 사람은 그를 그대로 둔 채 골목 안으로 들어갔다. 집 안에 들어간 두 사람은 한참 동안 나오지 않았다. 그들이 떠날 때까지 황 노인은 그 자리를 떠나지 못했고, 한마디 말도 하지 못했다. 갑자기 말을 못 하는 사람처럼 되었다.

조합장과 마찬가지로 노숙자거나 부랑자가 하룻밤 잠자리를 위해 찾아든 게 아니겠느냐고 대수롭지 않게 받아넘기던 김 순경이 황 노인의 설명을 듣고 나서는, 거기다가 살림을 차린다는 거예요, 그런 미친놈이 있나, 가봅시다, 하며 따라나섰다. 그 지저분하던 쓰레기들이 말끔히 치워진 골목을 지나면서 김 순경은 어쩐지 긴장하는 모습도 보였다. 그러곤 대문 앞에 이르러서는 잠깐만요, 하고 멈춰 서더니 무언가 생각난 듯 고개를 갸웃하고는 알 듯 모를 듯한 말을 했다. "그 사람이 돌아온 건가." 혼잣말처럼 중얼거렸으므로 황 노인은 정확히 알아듣지 못했다. 그러나 뭔가 뜻이 있는 말을 한 것 같았으므로 관심을 보이지 않을 수 없었다. 황 노인은 김 순경에게 지금 무슨 말을 한 거냐고 물었다. 김 순경은 확실하지는 않다고 하면서, 역시 자신 없는 목소리로 대답했다. "전에 주민센터의 복지과 직원하고 여기 왔을 때 가족들에 대해 물었잖아요. 아들이 있다고 했거든요. 노인 돌봄 서비스 하던 요양보호사에게 그 양반이 그랬다는 거예요." 아들이 있다고? 황 노인은 고개를 저었다. 30년 가까이 이 구역에서 부동산 중개를 하며 지내는 동안 그 집 아들을 본 적이 없었다. 아들이 있다는 말을 들어본 적도 없었다. "아주 오래전에 집을 나갔다고 했다는데. 최근에 돌봄 서비스 하던 요양보호사에게 아들 이야기를 많이 했다는 거예요. 사람들 다 이주비 받고 떠나는데 떠나지 않은 게 아들 기다린다고 그런 거였대요. 아들이 돌아왔는데 집도 없고 엄마도 없으면 어떻겠느냐고." 말을 마치고 김 순경은 어딘가로 전화를 걸었다. 황 노인은 그녀가 아들에 대해 말하는 걸 들어본 적이 있는지 생각하려고 애를 썼다. 떠오르지 않았다.

김 순경은 연결이 안 되는지 곧 전화기를 호주머니에 집어넣고 소리 질렀다. "안에 사람 있어요? 경찰입니다. 문을 여세요." 황 노인이 어제 망가뜨린 문은 그사이에 멀쩡해져 있었다. 김 순경이 열지 않으면 부수고 들어갑니다, 하고 발로 대문을 찼다. 철문이 요란한 소리를 내며 열렸다. 사람이 살지 않는 집이라고는 도저히 생각할 수 없이 깔끔한 마당이 나타났다. 이 사람 참, 어쩌자는 건지. 김 순경은 감탄하듯 군소리를 늘어놓으며 현관을 향해 나아갔다. 그 역시 신발을 신은 채 실내로 들어가기가 망설여지는지 현관문을 잡고 서서 잠깐 멈칫했다. 그러나 황 노인과는 달리 오래 고민하지는 않고 허리를 굽혀 신발을 벗었다. 그러고는 곧장 문이 반쯤 열린 방을 향해 다가갔다. 황 노인은 어안이 벙벙한 채 그대로 서 있었다. 열린 문 사이로 안방의 일부가 보였지만 무엇이 있는지 누가 있는지는 확인하기 어려웠다. 그 대신 누군가에게 말을 건네는 듯한 김 순경의 목소리가 들렸다. 한 사람의 목소리만 들리는 것이 이상하다고 생각하면서도 황 노인은 무엇 때문인지 따라 들어가지 못하고 그 자리에 서 있기만 했다.

잠시 후 김 순경이 누군가와 통화하는 소리가 들렸다. 황 노인은 정순임 씨, 코로나, 아들, 신원 확인, 통보, 가출 같은 단어들을 들었다. "그렇지요. 그렇긴 한데, 좀 난감합니다. 아무래도 오늘은 그냥 돌아가야 할 것 같습니다. 당장 공사를 진행하는 것도 아니고." 김 순경은 안방과 거실 사이에 서서 통화를 하더니 전화를 끊고 나와 신발을 신었다. 황 노인이 김 순경의 옷자락을 잡으며 물었다. "뭐요?" 김 순경은 좀 난감한 표정을 짓고는, 보시겠어요? 하고 물었다. 노인은 그러니까 뭐냐니까? 하고 되물었다. 김 순경이 다시 신발을 벗고 거실로 들어서더니 황 노인에게 올라오라고 손짓했다. 그제야 황 노인도 신발을 벗었다. 잘 보라는 듯 김 순경이 안방 문을 잡고 서서 황 노인을 기다렸다.

한쪽 구석에 의자를 놓고 그 위에 올라가 벽지에 솔질을 하는 사람이 보였다. 방에는 풀이 든 통과 여러 장의 벽지가 차곡차곡 쌓여 있었다. 황 노인은 벽지를 바르고 있는 남자가 며칠 전 골목으로 조용히 스며들던 남자와 같은 사람이라는 걸 알아보았다. 방문객의 존재를 모를 리 없을 텐데 남자는 두 사람에게는 눈길도 주지 않고 하던 일을 계속했다. 노인은 이번에도 육체가 없는 혼령이 아닌가 생각했다. 김 순경이 노인의 귀에 가까이 대고 속삭이듯 말했다. "듣지를 못해요."

돌아오는 길에 김 순경이 주민센터의 복지팀장에게 들었다며 알려준 바에 의하면, 태어날 때부터 듣지 못했던 그 집 아들은 난봉꾼이나 다름없었던 아버지의 구박을 견디지 못하고 열아홉 살에 집을 나가 연락을 끊었다. 어머니는 남편의 구박과 아들의 가출을 막지 못한 것이 한이 되었다. 나이가 들수록 한이 깊어갔는데 찾을 길이 없었다. 치료를 받던 재활 병원에서 죽기 전에 그녀가 부탁한 것은 돌봄 서비스의 요양보호사와 통화를 하게 해달라는 것이었고, 그 통화에서 그녀가 한 말은 아들을 찾아서 미안하다는 말을 전해달라는 것이었다. 그리고 아들이 돌아올 때까지 자기 집을 지켜달라는 말도 했다. 요양보호사는 그러겠다고 했고, 그러려고 했다. 수사기관에 이름과 주민등록번호를 알리고 추적을 부탁했다. 그러나 약속을 지키지는 못했다.

"그런데 어떻게 나타났다는 거요?" 김 순경은 자기도 모르겠다는 듯, 그러니까요, 하며 자꾸 뒤를 돌아보았다. "그나저나 좀 난처하게 되었네요. 새로 이사라도 온 것처럼 집 안을 새로 단장하고 있으니 원." 그러니까 말이오, 하고 황 노인은 속으로 중얼거렸다. 그는 그녀의 아들이 돌아왔다는 게 정말로 믿어지지 않았다. 아니, 곧 철거해야 하는 공가에 불쑥 들어와 청소를 하고 도배를 하는 저 사람이 정말로 살아 있는 사람이라고 믿어야 하는지 황 노인은 여전히 확신이 서지 않았다. 그가 복지관에 찾아간 것은 그 때문이었다. 그녀를 담당했던 요양보호사는 김 순경에게서 들은 말을 그대로 했다. 새로운 사실은 한 가지였다. 정순임 할머니가 세상을 떠난 후 강원도의 한 파출소에서 연락이 왔다는 것. 코로나에 집단 확진된 농장 근로자들의 신원을 파악하던 중 정순임 할머니의 아들과 생년월일이 같은 사람을 발견했다는 내용이었다. 확인 결과 지문과 주민등록번호가 일치했고, 청각장애가 있었다.

다음 날 어김없이 이른 시간에 출근해서 물휴지로 사무실 책상을 닦고 컴퓨터를 켜고 습관적으로, 그러나 건성으로 매물을 확인하고 물을 끓여 커피를 타서 나무 의자에 앉은 황 노인은 그러지 않으려고 했지만 자꾸만 시선이 천하로

78길의 골목으로 향하는 걸 어쩌지 못했다. 쓰레기가 뒹굴던 때가 언제였던가 싶게 깨끗해진 골목 끝에 부서진 담을 손보고 있는 사람의 모습이 보였다. 노인은 그 사람을 한참 동안 바라보다가 조심스럽게 자리에서 일어났다. 사무실로 들어가 다시 물을 끓이고 믹스 커피를 한 잔 더 탔다. 그러고는 한 손에 하나씩 머그잔을 들고 골목을 향해 걸어갔다. 가는 길에 전화가 걸려와 두 개의 머그잔을 한 손에 모아 쥐고 전화를 받았다. 조합장은 그 부랑잔지 노숙잔지 공가에서 쫓아냈느냐고 물었다. 황 노인은 부랑자나 노숙자면 쫓아내겠는데 그렇질 않아서 쫓아내지 못했다고 말했다. 조합장이 무슨 소리냐고 다그쳤다. 어차피 공사 시작할 날을 예측할 수 없지 않느냐는 말을 하려고 했는데 황 노인의 입에서는 다른 말이 나왔다. 그는 오늘 날씨가 좋고 코로나 신규 확진자가 많이 줄었다고, 곧 거리 두기가 완화될 거라 한다고 말했다. 이어서 왜 그런 말들을 하는지 뚜렷하게 의식하지 못한 채 그는 4월이 되면 여기 골목 담벼락도 예전처럼 담쟁이넝쿨이 볼만할 거라고 말했다. 커피 향이 아주 멀리까지 날아가는 게 느껴졌다.

목소리들

……내가 곰곰이 생각해봤다. 잠이 안 오니까, 아무리 자려고 해도 잠이 안 오니까, 잠이 안 오면 자꾸 뭘 생각하게 되잖니. 아니, 생각을 하려고 해서가 아니라, 어디서 들어왔는지 모르는 생각들이 마구 머릿속을 뛰어다니잖니, 하나도 아니고 여럿이, 전에는 본 적도 없는 것들이 우르르 몰려다니면서 쿵쾅거리고 까르륵거리고 악악거리고 그러잖니. 불량배 같은 한 무리가 소란을 피우다가 떠나가면 그 자리에 더 불량하지 않다고 할 수 없는 것들이 또 들어오고…… 그걸 어떻게 몰아내니. 너는 그러지 않니? 너는 그것들을 어떻게 몰아내니? 그러니까 내가 곰곰이 생각해서 불러낸 게 아니고, 그 불량한 마구잡이 생각들에 내가 붙들린 건데…… 그 싼타페 말이야, 그거 무지 오래된 차잖아. 폐차해

야 한다고 하면서 폐차 안 하고 타고 다닌 게 몇 년이니? 기억나니? 내 생일이었는지 어버이날이었는지 모르겠는데, 나 만나러 오다가 도로에서 차가 서버리는 바람에 못 온 적도 있잖니. 그때 그 애가, 이 고물 차를 몰고 다니다가 내가 무슨 일을 당하지, 했던 말이 오늘 갑자기 떠오르더니 통 나갈 생각을 안 한다. 이 고물 차를 몰고 다니다가 내가 무슨 일을 당하지. 그렇게 말했다. 기억 안 나니? 너는 그 말을 못 들었을 수 있겠구나. 통화가 끝났다고 생각하고 그 애가 혼잣말처럼 했던 것 같기도 하고, 전화를 끊기 전에 나한테 한 말 같기도 하다. 그 말을 나한테 한 거라면, 혼자 중얼거린 게 아니라 나한테 한 게 맞는다면, 그럼 그건 무슨 뜻이었을까? 그러니까 그 애는 나한테 차를…… 그래, 나한테 한 말이 아니겠지. 그런 말을 나한테 할 리가 없지. 나한테 그 애가 그런 말을 왜 하겠어, 그렇지? 너도 그렇게 생각하지? 그렇긴 한데, 그건 모르는 일이잖아. 그럴 수도 있는 일이잖아. 그걸 어떻게 알아. 혹시 너한테 그 애가 무슨 말을 하지 않았니? 혹시 말이야. 난 모르겠다. 이 고물 차를 몰고 다니다가 내가 무슨 일을 당하지. 그 싼타페가 문제였잖니. 그 싼타페를 왜 여태…… 차를 바꿨어야 하는데, 왜 그냥 됐을까? 그래, 차는 멀쩡했어. 알아. 고장 나지는 않았지. 고장이 안 났으니까 거기까지 갔겠지. 하지만 오래된 건 맞잖아. 고

물 차라고 했다고, 그 애가. 그 애가 그 차 안에 있었잖니. 그 낡은 싼타페 안에 말이야. 나는 그 차 때문이라고 생각한다. 그 차가 없었으면 그 애는 거기 갈 수도 없었을 거 아니니? 다른 차였어도 똑같았을 거라고? 무슨 차든 타고 갔을 거라고? 너는 어떻게 그렇게 매정하니? 마치, 그 애가 그러기를 바랐던 것처럼 말하는구나. 너하고는 아무 상관없는 일인 것처럼, 그렇게 말하면 안 되지. 그러면 안 된다. 그 싼타페, 누가 타던 건지 생각나니? 넌 이상하지 않니? 그 사람이 왜 그걸 그 애한테 줬을까? 그래, 이 일이 생기기 전에는 나도 이상하게 생각하지 않았어. 차를 주다니, 고맙다고 생각했던 것 같기도 하다. 어리석게도 말이다. 그런데 이제 의심이 든다. 그 사람이 도대체 왜 차를 준 거니? 어느 순간 쳐들어온 이 생각을 물리칠 수가 없구나. 그 사람이 그런 사람이니? 우리를 떠나고 우리한테 뭘 준 적이 있어? 있으면 말해봐라. 그런데 그 차를, 아무리 타던 차라고 해도 그렇지, 그냥 주다니, 어째서 그랬을까? 나는 그게 참 이상하더라. 그 사람이 차만 안 줬어도 이런 일이 일어나지 않았을 거 아니니. 그 애가 그 차를 타고 가서, 차 안에서, 그런, 그랬잖니. 차가 없었어도 그랬을 거라고 말하지 마라. 그 애는 차 안에서 발견되었다. 그 차가 문제인 거야. 그런데 그 차를 그 사람이 준 거란 말이다. 생각이 거기에 이르자 도저히 가만히

목소리들

있을 수가 없었다. 그래서 그 사람한테 따졌다. 왜 그랬느냐고. 진짜로 그랬지. 전화를 걸어서 소리 질렀지. 왜 안 하던 짓을 해서, 그 고물 차를 줘서 우리 애를 그렇게 만들었느냐고, 무슨 속셈이었는지 숨기지 말고 말하라고 추궁을 했다. 그러다가 막 울었다. 그 사람은 아무 말도 안 하더라. 왜 아무 말도 안 하느냐고, 무슨 말이든 해보라고 울부짖는데도 끝까지 버티더라. 사람이 어떻게 그럴 수 있냐. 하기야 자기도 할 말이 없겠지. 그 정도 양심은 있겠지. 그러니까 아무 말도 못 한 거겠지…… 넌 그 사람 편을 드는구나. 어떻게 그럴 수 있니? 싼타페에게 죄가 없듯이 그 사람에게도 죄가 없다고? 그럼 누구 죄냐? 그 애가 그렇게 되었는데, 그런 일이 일어났는데, 누구 탓도 아니란 말이냐? 원인 없이 어떤 일이 그냥 일어난단 말이냐? 시동을 걸지 않았는데 차가 저절로 굴러간단 말이냐? 어떻게 그런 말을 할 수 있냐? 이게 남의 일이냐? 네 동생 일인데, 어떻게 그렇게 말할 수 있냐? 말이 나왔으니 말인데, 그 일이 있기 직전에 그 애가 너에게 전화했었다며? 전화해서 만나자고 했는데 거절했다며? 네 입으로 말한 거잖아. 그때 만나지 못한 게 한이 된다고. 기왕 말이 나왔으니 한번 들어보자. 왜 동생 만나는 걸 피했냐? 그 애가 무슨 심정이었을지 생각해봤냐? 얼마나 망설이고 망설이다가 너한테 전화했을지 생각해봤냐?

그 애 성격을 알잖니? 혹시 거절당하면 어쩌지, 몇 번이나 망설이고 망설이다가 더는 어떻게 할 수 없어서 전화하지 않았겠니? 그 애가 그런 애잖니. 안 할 수만 있으면 안 했겠지. 안 할 수가 없어서 했겠지. 이틀 전이었다며? 그러니까, 모르지만, 네가 만나줬으면, 만나서 이야기를 들어줬으면, 무슨 부탁을 하려고 했는지 모르지만, 그걸 들어줬으면, 그러면 그 애가 그러지 않았을 수도 있다는 생각 안 드니? 마지막 기대 같은 걸 가지고 너한테 전화했을지 모르잖아. 그렇게 어렵게 전화했는데, 거절당했다고 생각해봐라. 그 애 마음이 어땠겠니? 무엇이 그 애를 피하게 했니? 만났어야지. 만나서 이야기를 들어주었어야지. 수없이 거절당하면서 살아온 것이 그 애 인생 아니었냐? 너한테마저 거절당했다고 생각했을 테니 그런…… 아, 도대체 내가 무슨 말을 하고 있는 거냐. 그래, 네 말이 맞다. 아무래도 내가 제정신이 아닌 모양이다. 이게 다 잠을 못 자서 그런 거다. 통 잠을 잘 수가 없다.

……나는 잠을 자는 게 두려워. 잠이 들면 자꾸 꿈을 꿔. 꿈을 꾸지 않았으면 좋겠는데, 원한다고 되는 게 아니잖아. 꾸어지는 걸 어떻게 해? 엄마는 잠들지 못하고 깨어 있을 때 쳐들어오는 생각들을 어떻게 할 수 없다고 했잖아. 나한테

는 꿈이 그래. 내 꿈은 내가 잠들기를 기다렸다가 쳐들어오는 점령군 같아. 그래서 잠을 안 자려고 버텨. 버티다가 어찌어찌 잠 속으로 들어가면 어김없이…… 힘들어. 엄마가 나에게 왜 이러는지 알 것 같아. 힘들겠지. 받아들일 수 없는 거잖아. 무엇이든 누구든 탓할 대상이 있어야 하는 거잖아. 그래서 엉뚱하게 싼타페를 들먹이고 아버지를 불러내고 나한테까지 이러는 거잖아. 아무리 그래도 충분하지 않은 거잖아. 그래서 자꾸만…… 이해하지만, 그래서 그냥 듣기만 했지만, 준호가 전화를 걸었을 때 내가 싱가포르에 있었다는 거, 회사 일로 출장 중이었던 거 엄마도 알잖아. 회의 중에 울린 전화를 바로 못 받았어. 그래서 두 시간쯤 후에 전화를 걸어 무슨 일인지 물었을 거야. 그렇구나, 밥이나 같이 먹으려고 했지. 그렇게 말하는 준호 목소리가 좀 쓸쓸했어. 뭔가 할 말이 있는 것처럼 느껴졌던 것도 같아. 근데 준호 말투가 원래 좀 그렇잖아. 말끝을 마치 꼬리를 감추는 것처럼 말아서 하잖아. 그래서 말이 끝났는데도 끝난 것 같지 않게 느껴지잖아. 그러니까 그때도 그러려니 했던 거지. 그 애가 무슨 생각을 하고 있었는지 내가 어떻게…… 모르겠어. 내가 정말로 아무것도 느끼지 못한 거라고 확신할 수 있는지 자신이 없어. 나에게 뭔가 할 말이 있는 것 같았다는 느낌을 몰아내기 위해 그 애의 평소 말투가 어떻다는 구실을 재빨리 불러낸 건 아닌지. 싱가포르에 있어서 그날 준호와 밥을 먹을 수 없었던 건 맞아. 근데 싱가포르에 있어서, 준호와 밥을 먹지 않아도 되어서 다행이라는 생각을 전혀 하지 않았다고 할 수 있을까. 그런 생각이 들면 미칠 것 같아. 내가 왜 그랬을까? 다음에 밥을 같이 먹자는 말을 하지 못했어. 할 수 있는데, 해야 했는데 안 했어. 다음 날 그런 일이 일어날 줄 알았다면 그러지 않았을까? 물론 그러지 않았겠지. 이제 와서 이런 말이 다 무슨 소용이야. 하지만 엄마! 준호를 도와주지 않으려고 그런 게 아니야. 도와줄 수 없는 내 자신을 마주하기가 싫었던 거야. 아, 정말 내가 왜 그랬을까? 나 밤마다 무슨 꿈을 꾸는지 알아? 말 안 하려고 했는데, 하고 나서 후회할지 모르겠는데, 안 해도 후회할 것 같아서, 그냥 할게. 준호가 동업하던 친구한테 사기당하고, 가게, 집 다 뺏기고, 그러고도 되레 사기꾼으로 몰려 쫓겨 다닐 때, 억울하고 분하고 수치스러워 어쩔 줄 몰라 하며 허둥거릴 때, 생각나? 그때의 준호가 꿈에 나와. 준호가 밤중에 캄캄한 길을 혼자 걸어가. 근데 그 뒤에, 아니, 윈가, 모르겠어. 암튼 준호를 지켜보는 눈이 있어. 그 눈을, 뭐라 설명해야 할지 모르겠어. 동요가 없는 고요한 눈빛이야. 아무 감정도 담겨 있지 않은 것 같은데 섬뜩해. 무신경하고 무자비해. 차가워. 얼마나 차가운지 대기가 얼어버릴 것 같아. 준호가 몸을 웅크리고 떨어. 그리고, 목소리가 들려. 오지 마라, 이런 꼴로는. 생각나, 엄마? 준호가 하룻밤 자고 일찍 떠났잖아. 준호는 그때 있을 데가 없었어. 그래서 엄마한테 간거야. 그런데 하룻밤만 자고 떠났어. 하룻밤만 자고 떠나려고 엄마 집에 간 게 아니야. 그런데 하룻밤만 자고, 아니 잠도 자지 못하고 뒤척거리다가…… 엄마가 그 애를 쫓아냈다고 하는 게 아냐. 그럴 리가 없지. 엄마가 그랬을 리가 없어. 잘해줬겠지. 늘 그러잖아. 늘 그런 것처럼 잘해줬겠지. 그 애가 제일 좋아하는 병어조림에 꼬막무침에 겉절이에, 시금치에 조갯살 넣고 맑은 된장국을 끓여 먹였을 거야. 오지 마라, 이런 꼴로는. 엄마가 그런 말을 했을 리 없어. 난 알아. 그럴 리 없어. 그런데 준호는 그 말을 어떻게 들었을까. 엄마는 절대로 그런 말 할 사람이 아니라는 건 나도 알고 준호도 알아. 하지만, 사람이 말로만 말을 해? 말보다 더 크게 말하는 게 몸이잖아. 눈빛, 뒷모습, 옅게 내쉬는 한숨. 그런 거. 그런 게 다 말이잖아. 엄마는 모르는지 모르지만, 엄마는 입으로 말하는 대신 몸으로 더 자주 말했어. 엄마는 우리가 안다는 걸 모르는지 모르지만 우리는 엄마가 몸으로 하는 말을 아주 많이 들으며 자랐어. 엄마는 자식들이 늘 자랑스러워야 하잖아. 사람들이 부러워해야 하잖아. 그런데 그러지 않아서, 사람들 앞에 내세울 수 없어서 속상했잖아? 그 속상한 걸 표시하지 않으려니까 힘들었지? 엄마가 나온 대학 못 가고, 엄마 친구들의 자식들이 들어간 대기업 취직 못 하고, 나이는 먹을 만큼 먹었는데도 때 되면 남들 다 하는 결혼도 못 하고 집도 못 사고, 그런 게 싫었지? 싫은데 내색하지 않으려니까 힘들었지? 그런데 준호와 나는 엄마가 내색하지 않으려고 힘들어한다는 것까지 느꼈어. 엄마가 하지 않은 말을 준호가 들었다고 생각하지 않아. 엄마가 그 말을 어떻게 했는지, 적어도 나는 짐작할 수 있을 것 같아. 준호가 왜 하루만 자고 떠났는지도. 그 애는 미안해했어. 엄마에게 늘 미안해했어. 나도 그랬어, 엄마. 엄마에게 늘 미안했어. 나 이런 말 안 하려고 했어. 이런 말 한 거, 아마 틀림없이 후회할 거야. 그런데 어쩔 수가 없어. 그 악몽, 그 눈빛과 목소리에서 벗어나고 싶어. 엄마, 나도 무서워. 준호가 그런 선택을 하고 나서 나도 힘들었어. 아주 많이. 알아. 엄마만큼은 아니었겠지. 엄마가 왜 이러는지 알아. 엄마는 자기를 괴롭히고 있는 거잖아. 엄마의 방식으로 자기를 벌주고 있는 거지. 자기를 괴롭히기 위해 남들을 탓하면서, 남들에게 돌릴 수 없는 책임을 물으면서, 자기를 지목하고 있는 거잖아. 계속 자기를 괴롭히기 위해 준호에게 일어난 일이 자기와는 아무 상관없는 것처럼 말하고 있는 거잖아. 자기를 탓하는 순간 고문이 멈출 걸 아니까, 고문이 멈추는 순간 찾아

올 거짓 구원을 용납하고 싶지 않으니까. 필사적으로 자기를 용서하지 않으려고 하는 거잖아. 그러기 위해 탓할 무엇이나 누구를 계속 꾸준히 밖에서 찾고 있는 거잖아. 아무리 찾아도 찾아지지 않고, 찾아질 리 없고, 그것이 엄마가 원하는 거겠지. 계속, 끊임없이 자기를 괴롭히기 위해서는 자신이 나쁜 사람으로 남아 있어야 하니까. 자신의 잘못을 인정하지 않는 것보다 나쁜 건 없지. 그런데 엄마, 왜 그래야 해? 엄마가 그렇게까지 하는 이유가 뭐야? 그냥 미안하다고 말하는 게 그렇게 어려워? 미안하다고 말하면 안 돼? 준호한테, 그리고 나한테 미안하다고 말해주면 안 돼, 엄마?

물 위의 잠

# 1

해 질 녘의 산책은 그녀의 거의 유일한 일과이다. 계획과 규칙은 그녀의 인생에서 사라진 지 오래되었다. 계획도 세우지 않고 규칙적인 생활도 하지 않는다. 계획과 규칙은 의욕의 산물이다. 의지와 의욕이 없는 상태에서의 규칙성이란 몸에 밴 습관의 잔재에 지나지 않는다. 죽은 상태로 움직이는 좀비거나 의지와 관계없이 제멋대로 움직이는 불수의근 같은 것. 해 질 무렵이 되면 그녀의 몸이 저절로 일어나 신발을 찾아 신고 밖으로 나간다. 어디로 갈 것인지 고민하는 일도 없다. 의지나 의욕이 동반되지 않은 움직임이다. 예컨대 산책하는 그녀는 몽유병 환자와 같다.

밤은 그녀에게 잠을 선물하지 않는다. 그녀는 눕지만 잠은 그녀를 비켜 간다. 불면은 그녀의 낮을 밤으로 만든다. 낮과 밤은 구분되지 않는다.

석양은 하늘에 떠 있는 구름에 오묘한 색을 칠한다. 산책로를 따라 세워진 가로등이 켜지고 강을 가로지르는 다리에 일제히 조명이 들어오는 순간은 오므리고 있던 세상의 모든 꽃들이 한순간에 한꺼번에 활짝 잎을 벌리는 것 같다. 강물에 비쳐 일렁이는 불빛들은 아름답고 신비롭다. 그러나 강변의 그런 경치는 그녀를 유인하지 않는다. 외부의 그어떤 것도 탐구의 대상이 아니다. 그녀는 아무것도 궁금해하지 않는다. 그녀는 그저 해 질 녘에 강을 따라 걸을 뿐이다. 그녀 집 근처에 강이 있기 때문이다. 그녀는 지방자치단체에서 강을 따라 조성해놓은 산책로를 택해 걷지 않는다. 그 길을 걷는 경우가 간혹 있지만 그 경우에도 경치를 보려고 그 시간에 그곳을 택해 걷는 것이 아니다. 그 선택은 무의식, 무의지적이다. 의식과 의지가 관여하지 않은 선택을 선택이라고 할 수 없다. 그녀는 보는 사람이나 듣는 사람이 아니라 걷는 사람이다. 걷는 것은 그녀의 다리이다. 그녀의 다리를 움직이는 것은 그녀가 아니다.

그녀 말고도 강변을 산책하는 사람은 많다. 둘씩 셋씩 이야기를 나누며 천천히 걷거나 이어폰을 끼고 혼자 빠르게 걷거나 척척 소리를 내며 달리는 사람들을 언제나 볼 수 있다. 그들이 그녀와 같은 부류의 무의지적 산책 중독자들인지는 단정해서 말할 수 없다. 그런 유가 없다고 할 수는 없지만 대체로는 아니다. 산책 중에 몇 번 마주쳤을 뿐인데 친근하게 알은체를 하는 이가 많다는 것이 그 증거다. 특히 혼자 걸으면서 그런 식으로 이상한 동류의식 같은 걸 표현하는 사람은 그녀와 같은 부류의 인간이라고 할 수 없다. 그런 사람들은 부드러운 눈빛과 은은한 미소로 말한다. 이 길은 근사하고 이 시간은 유일하다. 우리는 선택되었다. 이 산책에서 우리는 서로에게 속해 있다. 그러나 물론 그녀는 그들의 말을 듣지 못한다. 그 말이 의미를 부여하려는 욕망을 가진 사람의 것이므로 그녀를 비켜 간다. 의미 부여의 욕망은 자주 폭력을 사주한다. 한때 그녀는 그런 세계의 주역이었다. 그러나 욥에게 닥친 재난처럼 한순간에 그녀가 가진 모든 것이 부서졌다. 그녀가 근무하는 다국적기업 건물이 폭발할 때 그녀를 만나러 처음 유럽에 온 부모님과 아들은 막 회사로 들어서고 있었다. 그녀는 공중으로 날아가 도로 한복판에 떨어지는 그들을 자기 사무실 창문에서 내다보았다.

그녀의 눈은 사람의 얼굴을 향하지 않는다. 그녀의 눈은 사람의 얼굴 너머 허공을 향한다. 그녀의 시선은 눈앞의 물리적 대상을 투명하게 만들어 한없이 뻗어 나간다. 그녀가 보는 것은 보이지 않는 것이다. 보이는 것은 보지 않고 보이지 않는 것을 본다. 이 말은 옳지 않다. 허공에는 아무것도 없기 때문에, 보이는 것은 물론 보이지 않는 것도 없기 때문에 그녀는 아무것도 보지 않는다. 보이는 것은 물론 보이지 않는 것도 보지 않는다.

그녀는 풀과 돌과 흙이 뒤섞인 길을 밟고 걷는다. 아니, 그곳은 길이 아니다. 그녀는 길이 아닌 곳을 걷는다. 풀이 우거져 있고 출입 제한 표지판이 서 있다. '이곳은 산책로가 아닙니다.' 풀을 헤치고 들어가면 찰랑거리는 강물을 만난다. 물은 바람을 데리고 출렁이며 돌과 흙의 땅을 넘본다. 바람이 불지 않는 날 물은 푸르고 고요하다. 거울처럼 투명하고 평평하다. 일부러 출입이 제한된 곳으로 들어오려는 사람이 그녀 말고는 없기 때문에 다른 산책자들과 부딪칠 일은 없다. 그녀는 실체 없는 그림자와 같다. 그림자가 걷는다고 할 수 없다.

## 2

서영수가 형의 마지막 거주지를 찾아가기로 마음먹은 것은 그의 어머니가 영식이는 왜 안 오느냐고 물었기 때문이다. 영식은 형의 이름이었다. 당황한 서영수는 적당한 말을 찾지 못하고 아내를 쳐다보았다. 아내 역시 적당한 말을 찾지 못했기 때문에 남편을 쳐다보았다. 서영수는 자기보다 상황 판단이 빠르고 임기응변에 능한 아내가 무슨 말인가를 해서 상황을 넘겨주기를 바랐지만 아내는 다른 때와 달리 그런 재주를 보여주지 못했다. 어머니는, 무심한 것 같으니, 그 녀석은 에미 생일도 기억 못한다니? 하고 볼멘소리를 했다. 그날은 어버이날이었다. 서영수는 어머니의 말을 정정하지 않았다. 그러려면 형이 어머니를 만나러 올 수 없는 사람이라는 사실부터 상기시켜야 했다. 그것은 쉬운 일이 아닐뿐더러 효과도 없는 일이었다. 그 대신 그는, 전화 받지 않았어요? 하고 노련한 브로커처럼 물었다. 어제 형이 전화했다고 하던데, 하고 말끝을 흐리면서 어머니의 눈치를 살폈다. 그는 가끔 어머니가 모든 것을 꿰고 있으면서 모른 체하는 것 같아 당황스러울 때가 있었다. 이번처럼 그의 눈을 빤히 바라볼 때 그랬다. 어제 어머니에게 전화한 사람은 서영수 자신이었다. 어머니는 전부터 그의 목소리와 형의 목소리를 잘 구분하지 못했다. 정확하게는, 그의 목소리를 형의 목소리로 착각하지는 않으면서 형의 목소리는 그의 목소리로 착각했다. 그는 어제 전화로 형을 연기했다. "영식이예요. 몸은 좀 어떠세요? 내일 어버이날인데, 오랫동안 못 뵈어서 이번에는 가려고 했는데, 못 갈 것 같아요. 영수가 뵈러 갈 거예요. 저는 다음에 갈게요." 어머니의 눈길을 받으면 연기한 사실이 드러날 것 같아서, 어머니가 알면서 속아주고 있다는 사실을 알게 될 것 같아서 고개를 돌렸다. 어머니는 아무 반응도 보이지 않았다. 꽤 긴 침묵이 아무래도 불안해서 그가 슬쩍 고개를 돌리자, 여전히 그를 쏘아보고 있던 어머니가, 어제 전화한 건 너잖니, 하고 말했다. 이번에는 어머니에게서 눈을 뗄 수 없었다. 그는 어머니가 알면서 모르는 체하는지, 모르면서 아는 체하는지 확신할 수 없었다. 어느 쪽인지 가늠하기 어려운 얼굴을 하고 어머니는 그를 쳐다보았다. 그걸 어떻게 아세요? 하고 물은 것은 아내였다. 어머니는 뭐라고? 하고 큰 소리로 되물었다. 서영수는 아내의 실수를 눈빛으로 지적했다. "어머니가 착각하신 거예요. 형과 내 목소리가 비슷하잖아요." 어머니는 긍정도 부정도 하지 않았다. 긍정도 부정도 하지 않은 채 영식이 그놈은, 하고 다시 불만 섞인 목소리를 냈다. "영식이 그놈은 이 에미가 보고 싶지도 않다니? 너희는 어떻게 매번 너희만 오냐? 영식이는 어디 갔냐? 너희들이 영식이 못 오게 하는 거냐? 너희가 오니까 영식이가 못 오는 거 아니냐? 너희가 안 와야 영식이가 오는 거 아니냐? 그러면 너희는 오지 마라. 영식이가 오게 너희는 오지 마라." 노기를 띤 목소리는 점차 하소연으로 변해갔다. 매정한 놈이라고 화를 냈다가 불쌍한 놈이라고 훌쩍였다. 감정이 어떻게 변할지 예측하기 힘든 시어머니의 최근 상태를 이해하고 있는 며느리가 다가가 어머니를 가만히 안았다. 그러면 어머니는 며느리 품에 어린아이처럼 안겨 가만히 있었는데, 이번에는 통하지 않았다. 어머니는 며느리의 팔을 세차게 뿌리치며, 영식이한테 돈 보내야 하는데, 너희들은 왜 돈 안 갚냐? 하고 소리쳤다. 아내가 어머니의 손을 잡고 갚을게요, 갚을게요, 하며 고개를 주억거렸다. 서영수는 슬그머니 자리를 피했다.

요양원에서 돌아오는 길에 서영수는 한마디도 하지 않았다. 아내가 어머니의 상태가 더 심해지는 게 아닌지 걱정하는 말을 했지만 그는 주의 깊게 듣지 않았다. 영식이가 왜 안 오느냐는 어머니의 목소리가 그의 귓가에 반복해서 들렸다. 영식이는 어디 갔냐? 너희가 안 와야 영식이가 오는 거 아니냐? 그러면 너희는 오지 마라. 그 목소리는 그의 내부에서 메아리쳤다. 메아리는 목소리를 굴절했다. 굴절된 목소리는 그를 향해 외쳤다. 영수는 왜 안 오냐? 영수는 어디 갔냐? 영수는…… 서영수는 형에게 가야겠다고 불쑥 말했다. 운전을 하던 그의 아내가 무슨 말을 하느냐는 듯 의아한 얼굴로 쳐다보았다. 형이 그를 부른다는 그 갑작스러운 느낌을 설명할 수 없어서 그는 더 말할 수 없었다.


## 3


　형의 장례식을 치른 후 서영수는 형이 살았던 집을 찾아
갔었다. 그는 형의 장례식을 위해 일주일 휴가를 받아 귀국
한 터라 시간이 없었다. 그러나 형의 유품들을 정리하지 않
고 떠날 수는 없었으므로 장례식 다음 날 바로 찾아나섰다.
그러나 그가 형이 살던 집으로 알고 찾아간 곳에 형의 자취
는 없었다. 현관문의 걸쇠를 풀지 않은 채 의심 가득한 눈빛
으로 내다보던 천사빌라 가동 302호의 주인은 자기가 그 집
에 산 지가 2년이 넘었다고 했다. 그럴 리가 없었다. 그럴 리
가 없다고 중얼거리는 서영수를 이상하다는 듯 바라보던
오십대 중반 정도의 여자는 혹시 동을 착각한 게 아니냐고
물었다. 서영수가 다시, 그럴 리 없는데, 하고 두리번거리
자, 여기 집들이 다 비슷비슷하게 생겼거든요, 헷갈릴 수 있
어요, 하고 친절하게 덧붙였다. 그 짧은 시간에 초인종을 누
른 남자가 수상한 사람이 아니라고 판단했는지 말투에 의
심하는 빛이 사라졌다. 그럴 리가 없는데,를 되풀이하면서
도 서영수는 꾸벅 인사하고 계단을 내려갔다.

천사빌라는 전부 여섯 동이었는데, 가, 나, 다 동이 앞에, 라, 마, 바 동이 뒤쪽에 지어져 있었다. 서영수는 형이 집을 알려주던 날의 기억을 떠올렸다. 지난번 추석이니까 10개월쯤 전이었다. 그는 천사빌라 앞에서 형을 내려줬다. 어디야, 하고 그가 묻자 저기, 하고 손으로 가리켰다. 그는 건물 앞에 붙은 '가'라는 글씨를 읽었다. 몇 호냐고 묻자 3층, 302호,라고 대답한 것이 기억났다. 그는 커피 한잔 줄 거야? 하고 물었고, 형은 나중에 하자고 손을 저었다. "피곤하니까 오늘은 얼른 가서 쉬어라. 제수씨도 피곤할 테고." 형은 얼른 가라고 손짓을 했다.

서영수는 휴대폰 주소록에서 '천사빌라 가동 302호'를 확인했지만, 사람은 실수할 수 있으니까 자기가 잘못 적었을지도 모른다고 생각하며 그 친절한 가동 302호 주인의 충고를 따라 나동 302호와 다동 302호의 초인종을 눌렀다. 나동 302호에도 다른 사람이 살고 있었다. 서영식 씨 집이 아니냐고 묻자 그런 사람 안 산다는 말만 퉁명스럽게 하고 문도 열지 않았다. 다동 302호는 비어 있었고, 디지털 도어록이 설치되어 있었다. 입구에서 확인한 다동 302호의 우편함에는 은행과 카드 회사에서 최근에 보낸 우편물이 두 장 있었는데, 수신인은 서영식이 아니었다.

서영수는 연락처 목록을 뒤져 그의 휴대폰에 유일하게 입력되어 있는 형의 친구인 H에게 전화를 걸었다. 형의 집이 어딘지 몰라 묻는다는 게 거북했지만 다른 도리가 없었다. H는 장례식장에서 하룻밤을 새우고 장지까지 동행해준 사람이었다. 형의 사고에 대해 누구보다 놀라고 슬퍼했다. 젊을 때 지방의 한 극단에서 함께 연극을 하며 인연을 맺었다고 했다. 지금은 강남에서 택배 회사를 운영하고 있었다. 형이 가끔 그 회사에 나가 일을 했다는 걸 알고 있었다. "힘들면 말을 해야지. 힘들다는 티를 안 내려고 그렇게…… 이 고약한 친구 같으니. 아니, 아니지. 힘든 티를 안 내도 힘들다는 걸 눈치채지 못할 수는 없는 건데, 눈치채지 못한 사람이 나쁘지. 그런 걸 눈치채지 못하면 안 되는 건데. 이럴 줄 알았나." 영안실 한쪽 귀퉁이에 앉아 시종 되뇌던 H의 넋두리는 서영수를 몹시 힘들게 했다. 자기 안에 들어 있으나 차마 밖으로 꺼내지 않은, 꺼낼 수 없는 말이 그 사람의 입을 통해 나오는 것 같아 괴로웠다. 그의 내부에 늘 있었던, 밖으로 내보내지 않았기 때문에 내부에만 있었던, 의식하지 못하거나 의식하지 않으려 한 사이에 이루어진 그의 교묘한 단속에 의해 내부에 갇혀 있을 수밖에 없었던 말이 형 친구의 입을 통해 비로소 터져 나왔다는 것을 그는 부정할 수 없었다. 눈치채지 못한 사람이 나쁘다. 왜냐하면 눈치채지 못하면 안 되기 때문에. 왜냐하면 눈치채지 못할 수 없기 때문에. 그러나 서영수는 그 말을 따라 하지 않고 버티려고 애를 썼다. 적어도 거기서 무너지면 안 될 것 같았다. 허물어지지 않고 버티기 위해서는 상당한 인내가 필요했다. 무슨 말인가를 더 하면 걷잡을 수 없어질 것 같아서 서영수는 형의 최근 형편에 대해 아무것도 묻지 않았다.

이번에도 서영수는 무너지지 않기 위해 부러 무덤덤한 어투로 형의 유품들을 정리하러 왔다고 말했다. "그런데 집을 찾을 수가 없어요." 그 말을 할 때 그는 어쩔 수 없이 부끄러움을 느꼈지만 아무렇지 않은 척했다. 형의 친구는 지금 있는 곳이 어디냐고 물었고, 서영수는 주소를 불러줬다. '천사빌라'를 발음했을 때 전화기 너머에서 한숨 소리가 들렸다. 그리고 그가 혼잣말처럼 하는 말이 서영수의 귀에 화살처럼 박혔다. "거기 산 게 언젠데⋯⋯" H는 형이 1년 반 전에 그 집에서 이사했다고 했다. 서영수는, 보증금을 줄여서 반지하 방으로 옮겼는데 동생이 몰랐나 보네, 하는 H의 말에서 비난을 골라내지 못할 만큼 둔하지 않았다. 서영수는 작년 추석에 천사빌라 앞에 형을 내려줬다는 말을 하지 못했다. 그 말을 했다면 더 큰 한숨 소리를 들어야 했을 것이다. 한숨 대신 혀를 차는 소리를 들었을 수도 있다. H는 자기가 잘 아는 공인중개사가 집을 얻어줬다고 하면서 잠깐 기다리라고 하고는 전화를 끊었다. 10분이 되지 않아 전화를 걸어 온 H는 대뜸 사과부터 했다. "이렇게 난감할 수가. 한 달 전에 그 집에서 짐을 싸가지고 나갔다고 하네. 어디로 갔는지 모르겠다고 하고." H는 친구이면서 친구가 어디로 갔는지도 모르고 있었다고 자책하는 말을 반복했다. 동생의 자책의 목소리는 더 커야 했지만, 누군가, 특히 형의 친구 앞에서 그럴 수는 없었다. 그것이 그의 난처함이었다. 서영수는 그 상황으로부터 도망치듯 서둘러 전화를 끊었다. 그리고 거의 탈진한 상태가 되어 오랫동안 주저앉아 있었다. 형은 이 땅에 산 흔적을 지우고 사라져버린 것 같았다. 그것이 형이 원한 것일까. 그렇다면 형은 왜 그것을 원했을까. "왜 그랬어, 형?" 서영수의 마음속에 슬그머니 희미한 원망이 생겨났다.

서영수는 거기서 형의 마지막을 추적하는 일을 멈췄다. 그에게 더 이상의 시간이 주어지지 않았기 때문이었다. 돌아갈 비행기표를 귀국할 때 미리 예매해둔 상태였다. 휴가 기간이 정해져 있어서 그는 런던으로 돌아가는 일을 미룰 수 없었다. 복잡한 상황을 회피하려는 심리가 빠듯한 일정을 다행이라고 안도하게 했다. 형이 이 땅에 산 흔적을 지우고 사라지려고 했을지 모른다는 생각을 되새기는 것도 흔적 찾기를 포기하는 자신을 합리화하기 위해 필요했다.

# 4

안 가면 안 되냐? 하고 형은 말했다. 서영수가 런던 지사에 가게 되었다고 했을 때 형이 그에게 한 그 말을 그는 아내에게 전하지 않았다. 무엇 때문인지 그 말을 옮기기가 어려웠다. 자기보다 이해심이 많은 여자라는 걸 인정하면서도 왜 그런지 말하기가 망설여졌다. 그때는 굳이 그런 형제 간의 대화까지 알리지 않아도 된다고 생각했던 것 같다. 그러나 그것이 겁쟁이의 생각이었다는 사실을 인정하게 되었으므로 이제는 말하지 않을 수 없었다.

서영수는 어머니를 형에게 맡기고 외국으로 떠나야 하는 상황을 부담스러워했다. 출국 한 달 전까지 형에게 알리지 못한 채 시간을 흘려보낸 것은 그 때문이었다. 그러나 그것은 형과 상의할 일이 아니었고, 그는 그렇게 생각했고, 결정은 벌써 내려둔 상태였다. 그런데도 자꾸만 미루었다. 느긋한 성격의 영향이 아주 없지 않았겠지만 그것 때문만은 아니었다. 그는 무엇 때문인지 형과 어머니에게 떳떳하지 않은 사람이 되는 것 같았다. 아내가 더 미루면 안 된다고 재촉하지 않았다면 언제까지 미뤘을지 알 수 없다. 설마 말하지 않고 떠날 수는 없었겠지만, 비행기를 타기 직전에 공항에서 전화를 걸어 알렸을지도 모르는 일이었다. 형의 존재를 무시해서 그런 건 아니었다. 그들 형제는 전부터 그렇게 지냈다. 사람들마다 타고난 성품과 겪어온 내력과 교류한 감정들, 즉 나름의 역사와 처지에 따라 제각기 다른 관계 양상을 보인다. 가족 구성원들끼리만, 가족 구성원이기 때문에 이해할 수 있는 면이 있다. 서영수와 형은 자주 연락하고 지내는 사이가 아니었다. 서로에 대해 좋지 않은 감정이 있어서는 아니었다. 그들은 사는 모습이 많이 달랐지만 서로 간섭하지 않았다. 서로를 이해하고 존중했다. 동생은 고지식하고 성실한 반면 형은 활달하고 자유분방했다. 동생은 소심했지만 형은 대범했다. 형은 어땠는지 모르지만 동생인 서영수는 형의 삶의 방식을 부러워했다. 부러워했지만 따라 하지는 못했다. 따라 하지 못하기 때문에 부러워했다고 할 수도 있었다. 나이가 들어 대범함과 자유분방함이 제공하는 긍정적 보상 대신 부정적 대가를 받아 든 것 같은 상황이 형에게 생기자 두 사람 사이에 미묘한 기류가 흐르기 시작한 것은 사실이었다. 겉으로는 변화가 없는 것 같았지만 때때로 어색했다. 똑같은 행동도 다른 해석의 가능성이 생겨 조심스러워졌다. 형은 어땠는지 모르지만 동생인 서영수는 그런 것이 자꾸 의식이 되었고, 형이 자기 행동에서 그런 것을 의식하게 될까 봐 마음이 쓰였다. 전에는 아무렇지 않을 수 있었던 일이 이제는 어떤 의미가 덧붙여져 아무렇지 않을 수 없는 것이 되었다. 기왕에도 어떻게 사는지 잘 이야기하지 않았지만 더욱 그렇게 되었다. 어느 순간부터는 결혼이나 집이나 회사 일을 화제로 올리는 것이 어려워졌다. 짧은 결혼 생활과 불화, 이혼, 그리고 여러 직종으로의 잦은 이직과 사업의 실패가 쌓이는 동안에 형은 적어도 겉으로는 달라진 것이 없었지만, 예전처럼 활달하고 자유분방했지만, 서영수는 형에게서 예전과는 어딘가 다른 활달함, 예전과는 어딘가 다른 자유분방함을 느꼈다. 달라진 것이 없는 게 아니라 달라진 것이 없는 것처럼 애쓴다는 인상을 받곤 했다. 그런 걸 감지하고도 감지하지 못한 것처럼 하는 행동이 자연스러울 리 없었다. 실제로 서영수는, 형은 달라진 것이 없는데 내가 달라졌다고 느끼는 건가, 정작 달라진 것은 형이 아니라 나인 건가, 자문해보기도 했다. 그런 생각을 할 때면 형에게 미안했다. 언제부터라고 말할 수 없었다. 무슨 일 때문이라고 그 계기를 단정할 수도 없었다.

그러니까 그가 형에게 해외 지사로 발령난 사실을 말하지 않고 미룬 것은 복합적인 요인이 작용했다고 할 수 있었다. 그는 형이 불편해할까 봐 신경 쓰였고, 그 때문에 자기가 불편해질까 봐 신경 쓰였다. 누구나 그렇겠지만 그는 불편한 걸 유난히 싫어했다.

그가 해외 지사로 가게 되었다고 말하자 형은 좋은 기회

네, 좋은 기회를 놓치면 안 되지, 하고 기뻐했다. 축하한다는 말도 했다. 그러나 곧 동생의 그 좋은 상황이 자기에게 미칠 여파를 생각해낸 모양이었다. 그런데 말이야, 하고 뜸을 들인 다음, 그럼 한국에는 없는 거잖아, 하고 머뭇머뭇 말을 이었다. "좋은 기회긴 한데, 근데 어머니가 걱정이네." 서영수가 형과의 통화를 미룬 이유가 그 때문이었다. 형은 어머니를 걱정하는 것이 아니라 혼자 어머니를 대해야 하는 자기를 걱정했다.

어머니는 한 해 전에 요양원에 들어갔다. 가벼운 치매 증상 외에 다른 건강상의 문제는 별로 없었다. 서영수는 아들 집으로 오라고 했지만 젊을 때부터 혼자 살아온 어머니는 아들 신세 지는 일은 절대 없을 거라며 이상하게 고집을 부렸다. 아들에게 그렇게 말하는 어머니가 어디 있느냐고 이의를 제기할 수 없었다. 서영수는 어머니를 이겨본 적이 없었다. 아들이 둘이나 있는데, 사람들이 욕해요, 하고 말한 사람은 아내였다. 그러나 어머니는 꿈쩍도 하지 않았다. "내가 혹시 너희들 집에 가서 살겠다고 하면 그건 내가 노망들어서 그런 거니 무시해라." 그 말을 하고 얼마 있지 않아 어머니는 자신이 살고 있는 집을 처분해서 요양원으로 들어가는 결정을 내렸다. 어머니의 결정은 단호하고 즉각적이었다. 누구도 어머니를 막을 수 없었다. 서영수는 아내와 함께 한 달에 두 번 요양원을 방문했다. 그가 시간이 나지 않을 때는 그의 아내 혼자 다녀왔다. 해외로 나가면 더 이상 그렇게 하지 못할 것이었다. 그러나 형이 있으니까 걱정할 일이 아니라고 스스로를 달랬다. 형도 아들이니까. 옳고 당연한 생각이지만 그러나 그것으로 자신을 달래는 데는 상당한 자기암시와 자발적인 모른 체하기가 필요했다.

형은 그와는 달리 어머니를 자주 찾아가지 않았다. 젊을 때부터 그랬다. 여기저기 쏘다니며 자유를 구가하는 것이 형의 삶이었다. 일이든 장소든 사람이든 몰두하지 못하는 성격이었다. 하는 일도 자주 바뀌었고 한곳에 정착하지도 않았고 한 사람과 길게 사귀지도 않았다. 가족이지만 명절 때 얼굴 보는 것이 전부라고 할 수 있었다. 거기다가 최근 들어서는 일이 잘 풀리지 않아 자격지심이 심해졌는지 어머니와 대면하는 걸 더 기피했다. 동생인 서영수에게 면목 없다는 말을 해서 분위기를 어색하게 만들기도 했다. 그런 사정을 감안하면, 형도 아들이니까, 형이 있으니까, 하는 명분은 자기 선택을 정당화하기 위한 서영수의 일종의 기만 이라고 할 수 있었다.

그렇기 때문에 서영수는 형의 우려에 바로 반박하지 못했다. 형이 있으니까, 하고 말하려고 준비했는데, 그 말을 하면 자기 속셈을 눈치채고 비난할 것 같아서 입을 열지 못했다. "가령 어머니한테 무슨 일이라도 생기면 어떻게 하냐? 가령 말이다." 형은 그런 말로 서영수를 불편하게 했다. 그는 순간적으로 짜증이 일어나는 걸 피하지 못했다. 이번에야말로 형이 있잖아, 형도 아들이잖아, 하고 말해야 했다. 그럴 뻔했다. 그러나 이번에도 잘 되지 않았다. 서영수는 언짢음과 안타까움이 뒤섞인 복잡한 감정에 사로잡혀 입을 열지 못했다. 그는 형이 어머니를 싫어해서 그러는 게 아니라는 걸 알기 때문에 언짢은 마음을 드러낼 수 없었고, 어느 순간부턴가 자기 처지가 떳떳하지 않다는 표현을 해왔기 때문에 안타까움을 드러낼 수 없었다. 준비한 말 대신에 그는, 무슨 일 있겠어? 아직 건강하시잖아, 하고 대꾸했다. 말해놓고 민망한 마음이 들어 말끝을 흐렸는데, 그런 마음이 왜 드는지, 누구를 향해 드는지 알 수 없었다. "야, 그래도 노인인데…… 치매 증상도 나타나기 시작했고. 너희한테 많이 의지하는데, 너희 부부 못 보면 더 심해질 수 있잖니? 안 가면 안 되냐?" 형은 어머니를 혼자 대면해야 하는 일의 불편함을 "안 가면 안 되냐?"라는 질문으로 표현했다. 그것은 질문이 아니었다. 부탁이고 명령이었다. 부탁의 형식을 띤 명령이었다. 그러나 그때의 서영수는 부탁이든 명령이든 받아들이지 않을 태세를 갖추고 있었다. 형의 그런 부탁이나 명령이 효력을 발휘할 수 없는 상황을 만들어둔 다음이었다. 예컨대 그는 이미 모든 절차를 마치고 항공권을 구입해둔 상태였다. 그런 준비 없이는 말할 수 없을 것 같았기 때문이다. 서영수는 한숨을 크게 쉬었다. 형은 그 한숨 소리를 들었다. "안 되겠지. 알았다. 알았어." 서영수는 형이 자기를 그런 기회를 놓칠 위인이 아니라고 말하는 것 같아 거북했지만, 이내 자기는 그런 기회를 놓칠 위인이 아니라는 건 틀림없는 사실이고, 그 점이 형과 자기가 구별되는 점이라는 당연한 사실을 부끄러워할 이유가 없다고 자위하며 거북함을 떨쳐냈다. 그때는 좀 뻔뻔하다고 생각했지만 이기적이라고는 생각하지 않았다. 그때는 어머니에게 더 미안했으므로 형에 대한 미안함은 큰 갈등 없이 물리칠 수 있었다.


## 5


형의 죽음이 어머니를 혼자 떠맡은 일과 관련 있는 것은 물론 아니었다. 서영수가 한국에 없었기 때문에 일어난 사건이라는 단서는 어디에도 없었다. 그런데도 그는 자기가 이 나라를 떠나 어머니를 형에게 떠넘기는 바람에 그런 일이 생겼다는 자책감을 떨치기 어려웠다. 형에게 일이 생겼다는 연락을 한밤중에 받았을 때 맨 처음 떠오른 것이, 안 가면 안 되냐? 하고 묻던 형의 목소리였다. 그 질문의 형식을 띤 부탁, 부탁의 형식을 띤 명령으로 형이 자기 말을 듣지 않고 한국을 떠나면 이런 일이 일어날 거라고 경고한 것만 같아서, 그런데도 그가 경고를 무시하고 런던으로 가는 바람에 이런 일이 생긴 것 같아서 괴로웠다.

형은 연고도 없는 작은 도시의 강에서 숨진 채 발견되었다. 사람들이 오가지 않는 외진 곳이었는데, 마침 그곳을 산책하던 주민의 눈에 띄어 신고가 되었다. 경찰은 검안 결과 어떤 타살의 흔적도 보이지 않아 스스로 목숨을 끊은 것으로 판명했다. 강가에서 발견된 백팩 안에는 칫솔과 치약, 초콜릿바 세 개, 속옷과 양말, 책 두 권, 출시된 지 5년도 더 된 구식 휴대폰 등이 들어 있었다. 두 권의 책 중에 한 권은 젊은 시인의 시집이었고, 다른 한 권은 『오디세이아』였다. 유서라고 할 만한 것은 어디에서도 발견되지 않았다. 휴대폰에는 모든 통화 기록과 문자가 지워져 있었고 메모나 사진은 하나도 남아 있지 않았다. 연락처 목록 역시 서영수의 전화번호 말고는 아무것도 남아 있지 않았다.

경찰이 그 사실을 알렸을 때 서영수는 아무 말도 하지 못했다. 형의 죽음보다 죽은 형의 휴대폰에 자기 번호만 남아 있었다는 사실이 더 충격이었다. 형은 아무 유서도 남기지 않았지만, 그것은 무엇보다 확실한 유서, 무엇보다 큰 말이었다. 그 유서의 말은 너무 커서 해독이 되지 않았다. 서영수는 너무 큰 그 말을 해독해야 하는 임무를 부여받은 사람이 되었다는 것을 느꼈다.

서둘러 귀국하고 장례를 치르는 동안 그는 거의 먹지 못했고 거의 자지 못했다. 상실감보다 자책감이 더 컸다. 원망이 슬픔 못지않았다. 형은 그를 죄인으로 만들었다. 자주 눈물이 나왔고, 한번 눈물이 나오면 잘 멈추지 않았다. 왜? 그는 외쳤다. 왜 그랬어? 그 말은 외마디 소리와 같았다.

그러나 그는 오래지 않아 현실적으로 처신했다. 내면의 혼란에 휘말려 들어감으로써 피할 수 없게 된 자책과 괴로움에서 벗어나기 위해 그는 합리주의자가 되는 쪽을 택했다. 심리주의의 덫에서 빠져나와 인과관계가 존재하지 않는 우연한 병렬의 사건으로 정의함으로써 형의 일과 자신의 처신 사이의 연관성을 몰아냈다. 그는 출근하고 기안하고 서류를 뒤지고 고객을 만나고 실적을 올리는 일에 매달렸다. 그는 일과 사람들 속에 자기를 위치시킴으로써 형의 그림자에서 벗어나려고 했다. 그런 일들을 그는 잘해냈다. 조기 귀국하여 본사에서 일하면서 그는 더욱 일벌레가 되었다. 그가 일과 사람들 속에 있을 때 형은 나타나지 않았다. 그러나 항상 일과 사람들 속에 있을 수는 없었으므로 간혹 그의 내부에서 혼란스러운 어떤 감정인가가 꿈틀거리는 것을 느껴야 했다. 그럴 때는 술을 마셨다. 원래 술이 약해서 조금만 마셔도 금방 취했다. 취하면 지나가는 사람이 없는 거리에서 비틀거리며 허공에 대고, 형, 왜 그랬어? 하고 소리쳤다. 그런 말은 제정신으로는 수치스러워서 차마 할 수 없었다. 취기는 수치심을 느끼지 않게 해줘서 좋았다. 그리고 집에 들어가서 곯아떨어졌다. 그것이 현실적이기 위하여 자기를 관리하고 감독하는 그의 방법이었다. 영식이는 왜 안 오느냐는 어머니의 질문을 받기 전까지 그는 그 일에 실패하지 않았다.

## 6

서영수는 형의 마지막 거처인 반지하 방을 소개해준 공인중개사로부터 그 일이 일어나기 한 달쯤 전에 짐을 다 빼서 나갔다는 말을 들었다. "그때가 언젠데 이제 와서⋯⋯" 뒤늦게 찾아와 묻는 게 의아하다는 눈치를 주면서 형보다 나이가 들어 보이는 공인중개사는 서영수를 한참 뜯어보았다. 그를 책망하는 시선이 분명했다. 서영수는 형에 대한 그 사람의 호감이 그런 식으로 표현된 거라고 생각하고, 이 일저 일 수습하느라 정신이 없었다고 얼버무렸다. 1년도 더 지나 하는 변명으로는 옹색하기 그지없었다. 서영수는 죄송하다고 말했다. "나한테야 죄송할 게 뭐 있나. 그 친구가 섭섭할 것 같아 그러지." 그는 서영수에게서 눈을 떼지 않았고, 서영수는 눈을 들지 못했다.

이렇게 닮을 수 있나, 특히 목소리가 판박이네, 하고 중얼거리듯 말한 것은 꽤 시간을 흘려보낸 다음의 일이었다. "그 친구가 돌아온 것 같은 느낌이 들 정도로. 그 소식 듣고 여러 날 술만 퍼마셨어. 그 친구랑 같이 가던 단골 술집이 있거든. 거기 가서 공연히 소리 지르고 행패 부리고. 화가 나서 견딜 수 없었지. 무엇에 화가 났는지는 잘 모르겠어. 아니, 모르긴 왜 몰라. 그 친구한테, 나한테, 그리고 이놈의 세상한테." 그 사람은 마치 형에 대해 말할 기회가 오기를 기다리기라도 한 것처럼 이야기를 늘어놓았다. 그가 건넨 명함에는 '공인중개사 김영봉'이라고 적혀 있었다. 자기는 김영봉이고, 자기 동생이 김상봉이라고 했다. 서영수는 김상봉을 알지 못했다. 김영봉은 자기 동생인 김상봉이 택배 회사를 하는 형의 친구와 중학교 동창이라고 설명했다. 그는 동생의 부탁을 받고 집을 얻어준 것이 인연이 되어 형과 가까워졌다고 했다. 두 사람 모두 술을 좋아했고, 이사 오던 날 우연히 단골 술집에서 마주쳐 합석한 것이 계기가 되어 친구가 되었다고 했다. "이 동네에서 두 번 집을 옮겼는데, 두 번 다 내가 얻어줬지. 마지막 집에서 나갈 때도, 보증금 부담 없는 집을 찾아볼 테니 기다리라고 했는데, 괜찮대. 됐대. 그러더니 사라졌어. 그때 무조건 잡았어야 했는데. 하기야 잡는다고 잡힐 위인은 아니었지만." 말하는 사이사이 침묵이 끼어들었다. 서영수는 침묵을 몰아낼 권한이 자기에게 있는 것 같지 않다는 생각이 들었으므로 침묵을 감당했다. 서영수가 궁금한 것은 그 집을 나온 형이 어디로 갔는가,였지만 형 친구가 스스로 입을 열 때까지 묻지 못했다.

자책과 한탄과 침묵을 오간 끝에 마침내 공인중개사 김영봉은 서영수가 궁금해하는 곳에 이르렀다. "어머님께 가겠다고 해서 그런 줄 알았어. 좀 미심쩍은 생각이 들지 않은 건 아니야. 그런데 어머니가 편찮으시다고, 동생도 멀리 가 있는데 노인에게 무슨 일이라도 생기면 어떻게 하느냐고, 그렇게 말하니까 안 믿을 수 없었지. 실제로 동생은 효자고 자기는 한심한 불효자라고, 효자 동생이 없어서 걱정이라고 자조 섞인 말을 가끔 하곤 했거든. 술 취하면 말이야. 술 먹고 하는 말이 진심인 경우가 많잖아. 난 그런 말을 듣는 게 너무 가슴 아팠어. 불효자이고 싶은 아들이 세상에 어딨어? 잘 살고 싶지 않은 사람이 세상에 어딨어? 그게 마음대로 안 되는 걸 어떻게 해? 열심히 산다고 다 출세하는 거 아니고 성실하다고 다 보상을 받는 게 아니잖아. 땅 투기, 집 투기해서 떼돈 버는 사람들 봐. 돈 없고 빽 없으면 살기 힘든 거 자유당 시절이나 지금이나 매한가지야. 안 그래?" 좌충우돌하던 김영봉이 제풀에 울분을 터뜨렸다. 서영수는 조마조마한 심정을 겨우 가누며, 그러니까 형이 어머님께 간다고 하고 여길 떠난 것이 한 달 전이고, 그 한 달 동안의 행적에 대해서는 모르신다는 거지요? 하고 얼른 화제를 틀었다. 김영봉은 갑자기 침울해져서 고개를 끄덕였다. "안타깝게도 그래. 몇 번 통화는 했지. 그때마다 나는 술 마시러 오라고 했고, 그 친구는 술 마시러 온다고 했고. 밝은 목소리였어. 내가 둔한 건지, 아무 낌새도 느끼지 못했어. 어떻게 그럴 수 있었는지 모르겠어. 이제 와서 부질없지만 동생이 가까이 있었으면 다르지 않았을까, 그런 생각을 하게 되네."

서영수는 그 순간, 안 가면 안 되냐? 하는 형의 목소리를 다시 들었고, 형의 남기고 간 휴대폰에 유일하게 저장된 자기 전화번호를 기억해냈고, 그리고 런던에 있는 동안 받지 못한 한 번의 전화를 기억해냈다. 그때 그는 고객과 미팅 중이었다. 부재중 전화를 확인한 것은 거의 한 시간이 지난 후였고, 전화가 걸려 온 시간을 계산해보니 한국 시간으로 새벽 1시 10분이었다. 그러나 그것이 전화를 되걸지 못할 이유는 아니었다. 시간이 없어서라고 변명할 수도 없었다. 미루다가 잊어먹었고, 해야지 싶어 시간을 보면 너무 늦은 시간이고, 그러다가 자연스럽게 무신경해졌다는 게 아마 사실에 가까울 것이다. 형은 그때 왜 전화했을까? 어떤 상황이었고, 통화가 되면 무슨 이야기를 하려고 했을까? 서영수는 시효 지난 질문을 되새기고 있는 자신에게 환멸을 느꼈다. 어쩌면 이런 일들을 예감했을지 모른다는 생각이 들었다. 예감을 무시하고 런던행을 강행해서 일이 생겼다는 비난의 목소리를 그는 잠재울 수 없었다. 그 전화를 받지 않아서 그 일을 막지 못했다는 자책의 목소리를 그는 자기를 괴롭히기 위해 크게 키웠다.

추정해보면 그 전화가 걸려 온 것은 그 일이 있기 나흘 전이었다. 그 두 일 사이에 아무 상관이 없다고, 그저 우연한 병렬일 뿐이라고 우기는 것은 합리적인 태도가 아니었다. 그의 비난과 자책에는 근거가 없는 것이 아니었다. 서영수는 기어들어가는 목소리로 겨우 말했다. "죄송해요." 김영봉은 서영수의 죄송함이 당연하다는 듯 아무 대꾸도 하지 않았다. "제가 잘못했어요." 서영수는 고개를 숙이고 울먹였다. 의도도 예상도 하지 않은 갑작스러운 반응에 놀란 사람은 서영수 자신이었다. 형보다 나이가 두 살 많은 형의 친구가 서영수의 어깨를 가만히 다독였다. 서영수는 고개를 들지 못했다.

"그 친구, 술에 취하면 노래 부르는 걸 좋아했어." 서영수의 어깨에 손을 얹은 채 형의 친구가 말했다. 회고조의 음색에 물기가 어렸다. "노래방 가면 마이크를 안 놓으려고 했지. 근데, 그거 아나? 자네 형 지독한 음치였어. 도저히 들어주지 못할 정도로. 아마 제정신이라면 한 소절도 못 들어줬을 거야. 부르는 사람이나 듣는 사람이나 늘 술 취한 상태였으니까 가능했던 거지. 그런데도 술만 마시면 자꾸 노래를 불러댔어. 음치여서 그랬겠지만 노래를 부르는 것이 아니라 꽥꽥 소리를 질러대는 것 같았어. 어떨 때는 절규하는 것처럼 들릴 때도 있었지. 언제였을까, 애써도 안 되는 일이 있어, 하고는 허허 공허하게 웃던 게 생각나. 참 쓸쓸하고 허전한 웃음이었지. 그 웃음 한 번만 더 봤으면 좋겠구먼." 형 친구가 감정이 복받치는지 말하다 말고 휴지를 꺼내 소리 나게 코를 풀었다. 서영수는 고개를 들지 않았다. 형 친구의 회고가 이어졌다. "무슨 노래를 불렀는지는 묻지 마. 어쩌나 노래를 못 부르는지 도통 무슨 노래인지 알 수가 없었으니까. 그 친구, 맘껏 노래 부르려고 다른 데로 갔을 거야. 부르지도 못하는 노래 고만 좀 부르라고 내가 막 구박했거든. 내가 구박해서 여길 떠난 걸 거야. 내 눈치 안 보고 실컷 노래 부르려고. 어딘지 모르지만 나 같은 방해꾼 없는 데서 아마 꽥꽥 불러대고 있을 거야." 그렇게 말하고 나서 허허 공허하게 웃었다. 서영수는 노래를 부르다 말고 짓곤 했다는 형의 쓸쓸한 웃음을 그가 재현하고 있다는 생각이 들었다. 술 취한 형이 못 부르는 노래를 부르다가 짓곤 했을 그 쓸쓸하고 허전한 웃음을 다시 보고 싶었지만 서영수는 끝내 고개를 들지 못했다.


## 7


서영수는 강바닥에 앉았다. 엉덩이에 꺼끌꺼끌한 감촉이 느껴졌다. 발 앞의 물은 거울처럼 평평하고 투명했다. 철썩이는 소리도 나지 않았다. 그곳에 가기 위해서는 '출입 제한'이라는 표시판을 지나야 했다. '이곳은 산책로가 아닙니다. 출입을 삼가주십시오.' 걸을 때마다 무성하게 자란 풀들이 바짓단을 감았다. 고개를 돌리면 저만치에 강을 따라 조성된 산책로를 걷거나 뛰는 사람들이 보였다. 그들은 서영수가 있는 쪽은 쳐다보지도 않았다. 강물에 비친 햇빛이 게으르게 꿈틀거리는 것처럼 보였다. 그의 형은 그곳 강바닥에 반듯이 누운 채 발견되었다고 했다. 신고한 사람은 사십대 중반의 여자였다. 사람들이 걷거나 뛰는, 걸으면서 이야기하거나 뛰면서 음악을 듣는 산책로에서 벗어난 이 외진 곳으로 그 사람이 왜 들어와서 형을 발견했는지는 알려지지 않았다. 조사를 담당했던 형사는 하루에 한 번씩 해 질 녘에 강변을 거닌다는 그녀가 그 질문에 대해 별 대답을 하지 않았다고 했다. "난 그냥 거기로 다녀요."

그녀의 증언에 의하면 서영수의 형은 그 자리에 이틀 동안 있었다. 그녀는 첫째 날은 그냥 지나쳤지만 둘째 날도 같은 자리에 같은 자세로 누워 있는 것이 이상해서 다가가 살폈다고 했다. 의식이나 의지가 빠져나간 빈껍데기 같은 사람이 거기 있었다고 그녀는 말했다. 삶에 지친 사람의 얼굴이 거기 있었다고. 자기는 그런 사람을 단번에 알아볼 수 있다고. 형사는 평화로운 얼굴이었다고 전했다. 지친 얼굴이 평화로운 얼굴과 동일하다는 걸 서영수는 받아들이기 어려웠다. 그는 형의 지친 얼굴을 이미 본 적이 있었다. 그러나 그 얼굴은 평화롭지 않았다. 명절에 어머니 집에 오면 형은 이틀 동안 잠만 잤다. 아무것도 하지 않고 잠만 잤다. 밥을 먹을 때를 빼고 잠만 잤다. 어떨 때는 밥도 먹지 않고 잠만 잤다. 밥 먹으라고 깨우러 들어갔다가 어떻게 그렇게 계속 잠만 자느냐고 묻는 서영수의 질문에 그의 형은 눈을 뜨지 않은 채 대답했다. "뱃사람들이 육지에 내리면 제일 먼저하는 게 뭔지 아냐? 오디세우스의 병사들이 육지에 내리자마자 만사 제쳐놓고 며칠씩 잠부터 잤던 거 모르냐? 육지에 내렸으니까 잠을 자야지." 배에서 내려 육지에서 잠을 자는 병사와 자기를 동일시하는 것 같은 말을 하는 형에게 서영수는, 형은 아직 배에서 내리지 않은 것 같은데, 하고 농담을 했다. 깊이 잠든 것 같아 보이지 않았기 때문이었을 것이다. 방바닥에 요도 깔지 않고 누워 자주 뒤척이며 자는 모습이 숙면을 취하는 것으로 보이지 않았다. 한 자세를 오래 유지하지도 못했고, 아주 작은 소리도 놓치지 않고 반응했다. 서영수는 형이 잠귀가 무척 밝다고 생각하는 대신 긴 시간 동안 누워 있긴 해도 실제로는 제대로 잠을 자지 못하는 건 아닐까, 생각했다. 그렇게 긴 시간 잠을 잘 수 있는 것은 실은 잠을 자지 않기 때문이라는 이상한 문장이 떠올랐다. 처음에 서영수는 형이 밀린 잠을 몰아서 잔다고 생각했었다. 그것은 형이 동일시한 저 『오디세이아』의 병사들에게서 전례를 찾을 수 있는 것이었으므로 육지와 잠의 은밀한 연관 관계를 의심할 이유가 없었다. 그러나 그가 그렇게 긴 시간 잠을 잔 것은 잠자지 않았기 때문이라고 의심하기 시작하자 전거가 되는 『오디세이아』 병사들의 긴 잠에 대해서도 같은 의심이 생겨났다. 배에서 내린 그들은 정말로 길게 숙면을 한 것일까? 바다에 떠 있는 동안 못 잔 잠을 자느라고 이틀씩 사흘씩 누워 있었던 것이 맞을까? 그게 아니라, 육지에 내렸어도 그들은 여전히 잠을 자지 못했던 것이 아닐까? 그들이 등을 댄 땅 역시 물과 같이 출렁여서 깊은 잠을 자지 못한 것이 아닐까? 육지가 배와 다르지 않았던 것이 아닐까? 그래서 그렇게 오랫동안 누워 있을 수 있었던 것이 아닐까? 잠을 자지 못하기 때문에 그렇게 잠을 잘 수 있었던 것이 아닐까? 그러니까 형은 이 육지 저 육지에 닿을 때마다 여러 날 잠을 자지만, 고향에 이르기 전에는 진정으로 잠들지 못하는 오디세우스의 그 병사들처럼 어디서도 한순간도 제대로 잠을 자지 못한 것이 아니었을까.

그 여자가 신고한 것은 사흘째 되는 날이었고, 이틀 동안 한자리에 누워만 있던 남자의 모습이 보이지 않았기 때문이었다. 여자는 하루 전에 보았던, 그 빈껍데기와 같은 지친 남자가 물속으로 들어갔다고 확신했다. 남자가 물속으로 걸어가는 것을 보았느냐는 물음에 그녀는 보지는 못했다고 답했다. 보지 못했다면서 어떻게 본 것처럼 말하느냐는 거듭된 질문에 여자는 이해할 수 없는 말을 했다. "그 사람은 잠을 자야 했어요." 형사는 여자가 사리에 맞는 말을 한다고 생각하지 않았지만 억양 없이 말하는 백지와도 같은 목소리의 섬뜩함에 압도되어 현장에 출동했다.

"애써도 안 되는 일이 있더라." 그 말을 언제 들었을까. 언젠가 들은 게 맞기는 한 걸까. 듣지 않았다면 어떻게 떠올랐을까. 서영수의 눈에서 눈물이 뚝 떨어졌다. 그는 강물을 향해 울었다. 강물은 거울처럼 투명하고 평평했다. 한 여자가 그림자처럼 그 옆을 스쳐 지나갔다. 억센 풀잎들을 밟고 지나가는데도 아무 소리도 나지 않았다. 서영수는, 근거도 없이, 그녀가 몽유병자 같다고 느꼈다.

# 사이렌이 울릴 때

—박제가 된 천재를 위하여

경성역 티 룸에서 나와 한참을 걸었다. 나의 그녀는(이렇게 부르는 것을 이제 그녀는 용납하지 않을 것이다. 전에는 부끄러워했지만 이제는 언짢아할 것이다. 전에 부끄러워하는 그녀를 받아들였던 것처럼 이제 언짢아하는 그녀를 받아들여야 한다는 것을 안다. 그러나 부끄러워하는 것을 받아들이는 것은 쉽고 또 어떤 면에서 달콤했지만, 언짢아하는 것을 받아들이는 것은 어렵고 어떤 면에서도 달콤하지 않다. 그녀가 '나의 그녀'라고 부르는 내 목소리를 더 이상 듣지 못하리라는 사실을 다행이라고 여겨야 할까? 그녀가 내 목소리가 미치는 거리 안으로 들어오지 않을 작정을 했다는 것을? 아니, 그런 작정을 한 것은 나인가? 다행한 불행이라는 말이 성립이나 되는가? 나는 자조와 탄식 말고는 할 수 없는 사람이 되었

다) 시계를 보더니 플랫폼에서 자기를 기다리고 있는 남자에게 가야 한다며 일어났다. 그녀의 표정에는 어떤 아쉬움도 미안함도 나타나지 않았다. 그녀의 자세는 지나치게 꼿꼿해서 누군가 만들어놓은, 아무 감정도 담을 줄 모르는 조형물처럼 보였다. 플랫폼까지 데려다주겠다는 나의 제안을 그녀는 고개를 두 번 아주 살짝 옆으로 움직이는 것으로 거절했다. 그러면 안 되는 걸 알지 않느냐,라고 말하는 것 같았는데, 나는 그녀가 입 밖으로 내지 않은 그 말에 도리 없이 설득당했다. 그녀와 여행을 떠나기로 한 남자가 누구인지 나는 모른다. 나와 전혀 다른 부류의 인간이라는 것만은 추측할 수 있다. 옷을 잘 입고 돈을 잘 쓰고 여자들이 혹할 만한 말을 능숙하게 할 줄 알고 진실은 장식품으로도 달고 다니지 않는, 느끼하고 미끈미끈한 남자. 여자들이 그런 남자들을 좋아하는 것을 이상하다고 할 수 없지만, 나의 그녀가 그러는 것은 이상하다고 하지 않을 수 없다. 나는 어떻게 그럴 수 있느냐고 나무라듯 말했다. 내 말이 그녀에게 투정으로 들렸을 게 틀림없다. 그렇지 않다면, 동경에서 몇 년간 유학씩이나 하고 온 남자가 고리타분하게 왜 이래요? 하고 힐난하지는 않았을 것이다. 그녀는 너무 다른 사람이 되어 있다. 내가 알던 그 사람이라는 걸 믿을 수 없다. 하기야 그녀의 말대로 시간이 많이 흘렀다. 동경에서 공부

하는 긴 시간 동안 잠시도 그녀를 잊지 못했고 오직 돌아와서 그녀와 함께 살 희망으로 버텼다는 말을 나는 하지 못했다. 너무 긴 시간이었어요,라고 그녀가 먼저 말했기 때문이다. 그녀가 그 포괄적인 한 문장으로 모든 걸 설명하고 이해시키고 어떤 행동을 하거나 하지 말도록 지시하고 있다는 걸 나는 눈치챘고, 눈치챈 이상 실행하지 않을 수 없었으므로 마음에 가시가 찔리는 것 같은 통증에도 불구하고 끝내 아무 저항도 하지 못했다. 나는 내가 예민한 사람인 것이 원망스러웠다. 나는 그녀가 경성역 일·이등석 대합실 한 곁에 위치한 티 룸에서 일어나 플랫폼을 향해 꼿꼿하게 걸어가는 동안 꼼짝도 하지 못했다. 한참 후에 나는 그녀의 커피 잔 속 커피가 조금도 줄어들지 않은 채 그대로 있다는 것을 발견했지만, 내 커피 잔 역시 그러하다는 걸 발견하지는 못했다.

빈자리를 찾는 손님들의 원망 어린 눈빛과 여급의 재촉을 견딜 수 있는 데까지 견뎠다. 더 이상 자리를 차지하고 버티기가 어려워졌을 때에야 티 룸에서 나와 약간 어질어질한 상태로 거리를 걸어 다녔다. 정신이 좀처럼 가동하려 하지 않았다. 나는 살 희망을 잃어버렸다는 극심한 자괴감에 빠져서 비틀거리다가 과장된 감정의 포즈에 스스로 속고 있는 건 아닌지 반성도 하며 걸었다. 어디를 얼마나 쏘다

넜는지 기억하지 못한다. 나에게 무엇을 하겠다는 의지 같은 것이 있었다고 말할 수 없다. 무엇을 하지 않겠다는 의지 역시 있었을 리 없다. 예컨대 미츠코시백화점 옥상에 올라간 것이 어떤 의지의 작용과 관련되어 있다고 말하는 것은 온당하지 않다는 뜻이다. 우연에 개입하거나 우연을 조종하는 초월적 존재의 보이지 않는 섭리를 참고하려는 이들이 있겠지만, 그렇더라도 내가 자살할 마음을 가지고 그 옥상에 갔다고 섣불리 단정하지는 말았으면 좋겠다. 만일 그렇다면 그 백화점 옥상에서 마주친 한 남자(이 남자의 인상을 한두 마디로 표현하는 것은 불가능하다. 그가 입은 어두운 빛깔의 코르덴 양복은 소매가 해지고 깃이 말려 들어가 보기 흉했다. 그 안에 받쳐 입은 스웨터는 낡고 더러워 보였다. 직장에 가거나 누구와 만날 약속이 있어서 외출한다면 절대로 입고 나오지 않을 복장이었다. 오랫동안 수염을 깎지 않았고 세수도 하지 않은 것이 분명한 얼굴이었다. 집에서 뒹굴다가 꾸미지 않고 그냥 나온 것이 분명한 모양새였다. 삐쩍 마른, 근육이라고는 1그램도 없을 것 같은 빈약한 몸의 어디에도 기력이 느껴지지 않았다. 땅을 지탱하고 서 있는 것이 신기할 지경이었다. 호주머니 깊숙이 손을 찔러 넣고 금붕어들이 뻐끔거리는 어항 주변을 흐느적거리는 폼이 내 눈에는 흡사 연체동물처럼 보였다. 뼈도 근육도 없는 사람을 보고 있는 것 같다고 할까. 그런 볼썽사나운 외모에도 불구하고 초라하거나 궁상맞아 보이지 않는 것이 이상한 일이긴 했다. 단장하지 않은 외모와 걸치고 있는 거친 옷을 뚫고 나오는 어떤 기운이 느껴졌는데, 그것은 그런 것들에 연연하지 않거나 연연할 이유가 없는 정신이 뿜어내는 일종의 빛 같은 것이었다. 그러나 그 빛은 먼저 눈에 띄기 마련인 외모의 볼품없음과 처지의 빈궁함에 가려져 당연히 밖으로 잘 표현되지는 않았다. 예컨대 나처럼 예민한 사람이 아니고는 그의 볼품없는 외모와 빈궁한 처지가, 마치 달무리가 달에 대해 그러한 것처럼, 그의 정신의 날카로움을 더욱 돋보이게 한다고 느끼지는 못할 터인데, 실제로 나처럼 예민한 사람이 흔하지 않다는 점을 감안하면 눈에 보이는 비참 너머의 다른 그를 본 사람이 몇이나 있을지 의심스럽긴 하다)에 대해서도 자살할 마음을 먹고 백화점 옥상에 올라왔다고 경솔하게 단정하는 우를 범할 수 있기 때문이다. 백화점 옥상이 왜 그런 오명을 뒤집어써야 한단 말인가. 나는 아무것도 단정하지 않으려 한다. 그 사람에게 자살할 마음이 있었다고도, 없었다고도 말하지 않으려 한다. 그런 것은 섣불리 단정할 수 있는 성격의 일이 아니거니와 해서도 안 되는 일이기 때문이다.

그리고 나는 보았다. 세상에 종말이 왔다고 알리기라도 하는 것처럼 정오의 사이렌이 요란하게 울리는 순간, 이제

껏 금붕어 주위를 어슬렁거리기만 하던 그 비쩍 마른 사내
가 갑자기, 흡사 무슨 지시를 받기라도 한 것처럼 옥상 난간
으로 훌쩍 뛰어 올라가는 모습을. 그는 난간에 아슬아슬하
게 선 채 몸을 잔뜩 웅크리고 양팔을 반쯤 벌렸는데, 그것은
큰 닭이 날개를 펴고 두 발을 곧추세울 때의 모습을 연상시
켰으나 비상하려는 닭의 자태와는 달리 아슬아슬하고 위태
위태해 보였다. 하기야 비상하려는 닭이 뜻대로 안전하고
완전하게 비상하는 일은 일어날 수 없으니, 아슬아슬하고
위태롭기가 그와 같았다고 해서 이상하지는 않을 것이다.
워낙 순식간에 눈앞에서 벌어진 일이라 나는 어떻게 해야
할지 몰라 멈칫거렸는데, 그것은 우선 그 사람이 어떻게 하
려는 것인지 종잡을 수가 없었기 때문이다. 예컨대 나는 비
상하려는 닭처럼 포즈를 취하고 있는 그가 정말로 원하는
것이 비상인지 확신할 수 없었던 것이다. 그렇다고 나에게
비상인 경우에는 어떻게 하고, 그렇지 않은 경우에는 어떻
게 한다는 무슨 매뉴얼 같은 것이 있었다는 뜻은 아니다. 그
러니까 나는, 스스로 당착적인 말을 하고 만 셈인데, 그 사
람이 비상하려 했다고 판단했든 그러지 않을 거라고 판단
했든 아무 행동도 하지 않았을 거라는 점에는 변화가 없다.
내가 멈칫거리기만 할 뿐 아무 행동도 하지 않고 있는 사이
에 남자는 팔을 위아래로 움직이면서 무슨 말인가를 중얼

거렸는데, 그 동작은, 밑으로 떨어질지도 모르는 아슬아슬한 상황에도 불구하고 이상하게 희극적이었다. 주문을 외는 듯 같은 말을 반복했지만 다섯 걸음 정도 떨어져 있는 내 귀에는 정확하게 들리지 않았다. 날개,라는 단어를 들은 것 같다는 생각이 드는 건 그 사람의 몸동작 때문일 가능성이 없지 않다. 아닌 게 아니라 그때 나는 파드득거리는 닭의 날갯짓 소리를 들은 것 같았다. 그러나 그럴 수 없는 것이 세상에 종말이 오고 있으니 대피하라고 외치는 듯한 정오의 갑작스러운 사이렌 소리가 워낙 유난해서 다른 소리는 전혀 들리지 않았던 것이다. 그 사람이 하는 말을 알아듣지 못한 것도 그와의 거리 때문이 아니라 사이렌 소리 때문이었을 가능성이 높다.

한낮의 요란한 사이렌 소리는 내게서 현실감을 빼앗고 엉뚱한 세계 속으로 의식을 끌고 갔다. 그가 닭처럼 날 수 있겠다고 생각했거나 그렇게라도 날기를 바라는 마음을 가졌다면 아마 그 때문이었을 것이다. 다행인지 불행인지 옥상에는 그 사람과 나, 어떻게 하려는 건지 판단할 수 없는 그와 그 사람이 어떻게 하려는 건지 판단할 수 없어 어떻게도 하지 못하고 멈칫거리기만 하는 나 말고는 없었다. 누군가 그 장면을 보았다면, 두 명의 성격과 배우가 연극을 하고 있다고 생각했을 가능성이 있다. 옥상 난간에 발을 딛고 올라

서서 기묘하고 희극적인 동작을 하고 있는 낡은 코르덴 양복 차림의 비쩍 마른 한 남자와 그 앞에 얼어붙은 듯 멈춰서 있는, 마찬가지로 코르덴 양복 차림의 비쩍 마른 한 남자는 이를테면 베케트의 부조리극에 나올 법한 인물을 상상하기에 부족하지 않았을 것이다. 더구나 나도 그제야 알게 된 사실이지만, 그와 나는, 색깔만 다를 뿐 같은 옷을 입었고 체구도 비슷한 편이었다. 관객들이 두 사람이 쌍둥이처럼 꼭 닮았다고 여긴다 해도 이상하지 않을 것 같았다. 역할을 바꾼다고 해도 알아차릴 관객이 아마 없을 것이다…… 그런 생각을 하자 문득 이 흥미로운 연극을 보러 온 관객이 한 명도 없다는 사실이 못내 아쉬워졌다. 그러자 어디서 비롯한 것인지 단정할 수 없는 의욕이 불쑥 솟구치는 걸 느꼈는데, 그것은 내게 주어진 이 연극의 배역을 거부하지 않겠다는 것이었다. 충실히 잘해내고 말리라는 것이었다. 어쩌면 그렇게 함으로써 무작정의 내 산책의 목적지가 왜 미츠코시백화점 옥상이었는지를 밝혀내고자 하는 마음이 있었는지도 모르겠다. 내가 왜 여기 왔는가는 연극 속의 그가 왜 여기 왔는지를 통해 해명될 수 있으리라는 야릇한 희망이 그 연극에 더 몰두하게 했으리라고 추측할 수 있다. 나는 나 자신에 대해서도 추측할 수 있을 뿐이다. 나는 나 자신에 대해서도 확신하지 못하는 사람이 되었다.

도시의 멱살을 쥐고 흔드는 것 같던 사이렌 소리가 멈추자 세상이 갑자기 고요해졌다. 그러자 난간에 위태위태하게 서 있던 사람의 몸이 순식간에, 타이어에서 공기가 빠지듯 그렇게 허망하게 쪼그라들더니 그대로 바닥으로 고꾸라졌다. 그러고는 한동안 움직이지 않았다. 나는 사이렌 소리와 함께 연극이 끝나버린 것인지, 아니면 다음 막으로 이어지는 것인지 분간해내야 했는데, 그 분간이 사실은 내 결정에 속하는 일임을 못이 벽에 박히듯 확고하게 인지하지는 못했다. 어떤 분간도 선명하게 이루어지지 않은 어중간한 상태에서 나는 그 사람이 의식을 잃고 쓰러진 지금이야말로 내 배역의 대사를 해야 하는 시점이라는 것을, 어둠 속에서 손짓으로 보내는 연극 연출자의 지시를 받기라도 한 것처럼 저절로 알아차렸다. 나는 내 몫의 대사를 숙지하지 못하고 있었지만 당황하지 않았는데, 이해하기 어렵지만 누군가 내 입안에 내가 해야 할 말을 넣어준 것 같은 기분이 들었기 때문이다. 그래서 나는 내 몫의 대사를 했다. "박제가 되어버린 천재를 아시오? 나는 유쾌하오. 이런 땐 연애까지가 유쾌하오. 육신이 흐느적흐느적하도록 피로했을 때만 정신이 은화처럼 맑소……" 바닥에 누운 채 나를 올려다보는 남자의 눈에서 나는 어떤 간절함을 본다. 나는 그가 나를 말리고 싶은데 손과 발을 움직일 수 없어 눈으로만 신호를 보내고 있는 것 같은 생각이 든다. 그렇지만 그가 왜 움직일 수 없는지, 무엇을 말리고 싶어 하는지는 알 수 없다. 내가 아는 것은 다만 그가 혼신의 연기를 하고 있다는 것이다. 나는 그가 나와 쌍둥이처럼 닮았다고 생각하지만 그도 그렇게 생각하는지는 확신할 수 없다. 방들이 다닥다닥 붙은 그 골목 33번지에서 그를 보았다는 사실을 나는 그에게는 물론 나에게도 알리고 싶지 않다. 그녀가 먹게 한 아스피린이 아달린이라는 사실을 그가 알고 있는지 궁금하지 않다. 그것은 그녀도 모르는 것이다. 아니, 그녀라면 내가 아스피린이라고 준 것이 아달린이라는 걸 알고서도 모른 체했을 수 있다. 그랬다고 단정할 수는 없지만 그러지 않았다고 단정할 수도 없다. 그가 그녀가 준 약이 아스피린이 아니라 아달린이라는 사실을 알고도 먹었는지 나는 궁금해하지 않을 생각이다. 나는 그녀가 그를 존중하지도 않고 무서워하지도 않고 무시하고 시원찮아 한다고 느꼈지만, 그리고 그것은 사실이었지만, 그러나 그렇다고 해도 그녀가 그를 사랑하지 않는 것은 아니라는 사실은 느끼지 못했다, 느끼지 못하기를 바랐다. 그녀는 그를 '박제가 된 천재'라고 부르고, 그가 천재이기 때문이 아니라 박제가 되어 있기 때문에 그에 대한 사랑을 버릴 수 없다고 했다. 천재는 사랑하지 않을 수 있지만 박제가 된 천재는 그럴 수 없

236

다는 그녀의 말을 나는 마음에 담아두지 않으려 했다. 나로서는 이해하기 힘들고 이해하고 싶지 않은 이야기지만 그녀는 내가 이해하지 않으면 안 된다는 사실을 분명히 했다. 그녀는 확고했고 전혀 양보할 의향이 없었다. 나는 혼란스러웠지만 도리가 없었다. 알 수 있는 것이 점점 없어지고 있다. 바닥에 누운 채로 나를 올려다보는 남자의 눈이 보내는 신호를 나는 수신하지 못한다. 나는 그가 나의 무엇을, 아니면 다른 누구의 무엇을 말리고 싶어 하는지 이해할 수 없다. 나는 무엇을 해서 그에게 말릴 기회를 줄 수 있을지 이해할 수 없다. 그 순간 정오의 사이렌 소리가 다시 들린다. 세상의 멱살을 부여잡고 흔드는 것 같은 맹렬한 소리. 알겠다. 사람들은 모두 네 활개를 펴고 닭처럼 푸드덕거리는 것 같다. 알겠다. 그가 무엇을 했는지, 무엇을 하려다 하지 않았는지, 나의 무엇을 말리려 하는지 알겠다. 그렇지만 그는 말리려는 신호를 줌으로써 나로 하여금 바로 그 일, 그가 말리려는 일을 하게 한다는 사실을 알지 못하는 것이 틀림없다. 안다면 그런 신호를 보내서 나를 난간에 올라서게 하지는 않았을 거라고 나는 생각한다. 나는 옥상 난간에 올라서서 몸을 반쯤 웅크리고 양팔을 반쯤 펴고 푸드덕거린다. 내 동작이 위태위태한 자세에도 불구하고 이상하게 희극적으로 보일 거라는 걸 나는 안다. 내 입에서 내 배역의 대사가 나온다. 나는 그것이 나의 마지막 대사라는 것을 안다. "날개야 다시 돋아라. 날자. 날자. 날자. 한 번만 더 날자꾸나. 한 번만 더 날아보자꾸나."

# 작가의 말

이 책에 실린 소설들은, 한 편을 빼고 모두 2018년 가을 이후 씌었습니다. 5년간 다른 글을 쓰지 않은 건 아닌데도 어쩐지 이 소설들만 쓰며 지나온 것 같습니다. 생각과 글이 자꾸만 한 곳으로 돌아가곤 했습니다. 다른 곳으로 눈을 돌리는 나를 용납하지 않으려는 마음이 있었던 것 같기도 합니다. 고인 생각을 문장으로 만들어 내보낸다고 하면서 실은 생각이 빠져나가지 못하게 문장으로 가두고 있었구나, 싶습니다. 의무감으로 사랑을 대체하고 있다는 사실을 자각하는 순간의 가련한 마음이 어떤지 알 것 같은 심정입니다.

"슬픔은 탄식과 섞이고 어떤 애도는 종종 자기방어술과 구분되지 않는다"는 문장을, 이 책에 실린 한 소설에 대해 언급하면서 쓴 적이 있습니다. 탄식 아닌 슬픔이 없고, 자기 방어 아닌 애도가 없다고 생각했던 것 같습니다, 그때는. 그러니 '기억하지 않으려는 안간힘으로' 쓴다는 말을 할 수 있었을 겁니다. 사랑을 지키기 위해 필사적인 사람은 가련하지만 부끄러운 사람은 아닙니다. 그런 생각에서 아주 멀리 가지는 못했습니다. 어떤 시인의 고백처럼, 늘 "죽은 사람에게는 돌려주지 못한 것"이 많은 법이니까요. 돌려주지 못한 것만큼이나 '들려주지 못한 것'도 많은 법이니까요. 그런데 그 목록들은 그의 죽음 후에 탄생한 것입니다. 어떤 의미에서는 갑자기, 혹은 비로소. 이해받으려는 간절함이 돌려주지 못하거나 들려주지 못한 것들을, 갑자기, 혹은 비로소 태어나게 하는 걸 테지요.

그러니까 아마 쉽지 않은 일이겠으나, 탄식 없이 슬퍼하고 변명 없이 애도하는 사람이 되려고 합니다. '이해받으려는 간절함'이 아니라 '간절함을 이해하는' 글의 저자가 될 수 있으면 좋겠습니다.


이 변변찮은 글 무더기 앞에 귀한 시구를 제사로 허용해준 진은영 시인의 호의에 감사드립니다. 되풀이되는 문장의 회오리 속에서 머뭇거리는 작가의 소심함을 섬세하게 헤아려 책의 꼴을 갖추도록 조율해준 문학과지성사의 이주이 님께도 고맙다는 말을 전합니다.

2023년 가을
이승우

240

**수록 작품 발표 지면**

**소화전의 밸브를 돌리자 물이 쏟아졌다** 『문학3』 2019년 2호

**공가空家** 『문학사상』 2022년 12월호

**마음의 부력** 『문학과사회』 2020년 봄호

**그 전화를 받(지 않)았어야 했다** 『한국문학』 2022년 상반기호

**귀가** 『반걸음』(서울국제도서전 리미티드 에디션, 2020)

**목소리들** 『현대문학』 2021년 8월호

**물 위의 잠** 『쓺』 2020년 하권

**사이렌이 울릴 때—박제가 된 천재를 위하여** 『대산문화』 2018년 여름호